AMOUR

DU MÊME AUTEUR

La Fin d'un roman de famille. Traduit du hongrois par Georges Kassai. Collection Feux Croisés, Plon. 1987.

Le Livre des mémoires. Traduit du hongrois par Georges Kassai. Collection Feux Croisés, Plon. 1998.

PÉTER NÁDAS

Amour

Traduit du hongrois
par
Georges Kassai et Gilles Bellamy

Ouvrage traduit avec le concours
du Centre National du Livre

FEUX CROISÉS
PLON

Titre original
Szerelem

Collection Feux Croisés
dirigée par Ivan Nabokov

ISBN édition originale : Szépirodalmi Könyvkiadó, Budapest
ISBN Plon : 2-259-18989-X

« Passe-moi un oreiller. »

Elle se lève. Derrière la porte vitrée ouverte, le « hall* » plongé dans l'obscurité. Elle sort. Je ferme les yeux. Au-delà de la chambre, dehors, retentit une cloche. J'essaie de situer le clocher dans l'espace. La rue, avec, sur le trottoir d'en face, l'église comprimée entre les immeubles. Ses tours, surplombant les toits, s'élançant vers un ciel urbain marqué par les reflets des tubes de néon. L'immeuble en face de l'église. L'immeuble dont j'ai gagné le dernier étage. L'escalier. Au dernier étage, l'appartement. La chambre, le lit. Le lit où je suis couché. Le temps passe. J'entends le bruit de la porte qu'elle ferme. Elle me jette l'oreiller qui atterrit sur le lit avec un bruit sourd. J'ouvre les yeux. Elle retourne à la table. Je dispose l'oreiller de façon à lui laisser de la place, lorsqu'elle viendra se coucher à mes côtés. Elle s'assied à la table. Le dos appuyé contre l'oreiller, je jouis d'un confort précaire. Je peux la contempler à loisir. Dans sa robe verte, les formes familières de son corps. Bruit de

* Pièce sans fenêtre, pouvant servir de salle à manger.

7

Cellophane : elle sort une cigarette à bout filtre de son paquet. Précautionneusement, en veillant à ne pas déchirer le papier fin, elle en extrait, à l'aide d'une allumette, les brins de tabac. Elle les émiette sur une feuille de papier. Dans le silence, on les entend tomber. À table, nous en avons déjà grillé une.

J'étais dans le fauteuil, torse nu. Sur la table, tout le matériel. Le paquet de cigarettes. Dans un sac en Nylon, de l'herbe. Ciseaux, allumettes. Une feuille de papier propre. Elle prend une cigarette dans le paquet et, à l'aide d'une allumette, en extrait le tabac, précautionneusement, afin de ne pas déchirer le papier fin. Je ne me renverse pas dans le fauteuil. Sur le dossier, ma chemise, sur ma chemise, sa robe verte. Elle aime se promener nue : il fait chaud. Le tabac se répand sur la feuille. Au gré de ses mouvements, mais avec un léger retard, ses seins frémissent imperceptiblement ; ses mamelons touchent le rebord de la table. J'aime la regarder travailler. Lorsque la cigarette est presque entièrement vidée, elle la pose sur son filtre. Elle se penche en avant : le bord de la table écrase ses mamelons. Elle extrait une pincée d'herbe du sac en Nylon, l'introduit prudemment dans la cigarette évidée, prend ensuite un peu de tabac entre trois doigts, mais la cigarette se renverse. Elle la remet debout, y introduit la pincée de tabac, puis une autre pincée d'herbe qu'elle tasse avec le bout phosphoré de l'allumette. « As-tu soif ? » me demande-t-elle. Encore un peu de tabac, puis un peu d'herbe, et, pour terminer, quelques brins de tabac, le tout tassé avec le bout rond de l'allumette. « Je t'apporte à boire. Tout de suite. » Elle fait rouler la cigarette entre ses paumes et coupe le filtre avec les ciseaux. Elle lève le regard sur moi. « Passe-moi ma robe. » J'étends la main pour attraper sa robe. « Pour quoi faire ? » Elle se lève. « On me voit quand je suis dans la cuisine. » Elle lève sa robe au-dessus de sa tête, la trace blanche de sa cicatrice s'allonge sur son ventre, sa taille s'affine, elle enfile la robe. Je me renverse dans mon fauteuil. Elle sort. Du fauteuil, j'ai vue sur toute la pièce. La porte du balcon est ouverte.

Je sors sur le balcon. Il y fait un peu plus frais. En bas, la rue étroite est déserte et sombre. Les ombres sont à leur place. Je devrais lui expliquer pourquoi je ne reviendrai plus ici. Quelques minutes passent. Le profond ébrasement du portail de l'église semble s'ouvrir sur les entrailles de la terre : la bouche du tout-à-l'égout. Je sais que je ne le lui dirai pas : elle ne se doute de rien et sa candeur me désarme. Je me retourne. Elle est là, debout au milieu de la pièce : je ne l'avais pas entendue rentrer. Sous le lustre antique, un verre dans chaque main, elle est belle. « Le balcon ne t'attire pas ? » Elle rit : ses yeux sont mangés par son sourire. « Je n'y vais jamais. — La balustrade est trop basse pour qu'on n'y pense pas. — À passer par-dessus, hein ? Je ne sors jamais sur le balcon. J'ouvre la porte, mais je ne sors jamais. — Jamais ? — Non. Jamais, je crois. » Je prends un verre. De la limonade. Je bois. Je me rassieds dans le fauteuil, je pose le verre sur la table. Toc. Parler de choses graves n'a rien de plaisant. Parler de la pluie et du beau temps, peut-être... Elle s'assied en face de moi, mais seulement sur le rebord de la chaise. Elle porte la cigarette à ses lèvres et l'allume aussitôt. Moi, j'aurais préféré fumer dans le lit. Elle aspire la fumée et l'avale pour ne rien en perdre. Me passe la cigarette. J'en tire une longue bouffée. Un goût familier se répand dans ma bouche et dans ma gorge. Je cherche à l'aspirer le plus profondément possible. Cela me donne envie de tousser, mais je me retiens : sinon, je perdrais tout. Je ferme les yeux et essaie d'imaginer les alvéoles de mes poumons se remplissant de fumée. Elle tousse et me repasse la cigarette. Je dois ouvrir les yeux. Vive lueur du bout incandescent. Je tire une bouffée, la cigarette grésille. La fumée monte librement. Je me penche pour l'aspirer. Je voudrais lui rendre la cigarette, mais elle refuse. Je peux tirer encore deux bouffées. Les femmes savent préparer des mets savoureux. Les poumons absorbent la fumée, s'en remplissent. Je pensais rejeter lentement le reste pour l'aspirer à nouveau, mais il n'y a pas de reste. Je tire une nouvelle bouffée et lui passe la cigarette. Ce serait si bon de s'étendre dans le lit et d'attendre. Elle me la repasse. C'est la fin : juste encore deux ou trois bouffées. Je sens sur mes doigts la chaleur de la braise. Toute cette fumée qui est partie ! Je lui rends la cigarette, prudemment, en faisant attention à ne pas lui brûler les doigts. Elle tire dessus, les yeux fermés, la cigarette doit lui brûler les lèvres. Un cadeau douteux. Je me lève. J'enlève mon pantalon et le jette sur le fauteuil. Encore rien, pour l'instant. Elle écrase le mégot dans le cendrier, tousse et renvoie la fumée. « Veux-tu me donner un drap ?

Je voudrais me coucher. » Elle se lève, va vers la commode. Dessus, parmi des livres, journaux et revues, un réveil de cuisine fait tic-tac. Elle ouvre le tiroir, je prends le drap. Elle repousse le tiroir qui grince. J'étends le drap sur le lit. Je me couche. Comme je le fais d'habitude. Les épaules et la tête contre le mur. Comme d'habitude. Elle retourne à la table, s'assied. « J'en fais une autre, d'accord ? — D'accord. » Elle est éclairée par la belle lumière du lustre ; un beau lustre ; j'aimerais me retirer, me retirer de tout. « Veux-tu éteindre ? » Elle se lève. Passe devant la commode. Atteint l'interrupteur. Éteint la lumière. L'applique, au-dessus de ma tête, reste allumée. Je ne suis pas à mon aise, avec mes épaules écrasées contre le mur et la tenture murale qui m'écorche la peau. Elle voudrait retourner à la table. Ces sensations corporelles désagréables pourraient être atténuées par un peu de confort. Elle s'assied. « Passe-moi un oreiller. »

Elle se lève. Derrière la porte vitrée ouverte, le hall. Elle sort. Je n'ai encore jamais jeté un regard circulaire sur le hall. Est-ce là qu'on garde la literie ? Je baisse les paupières. Il faudrait fermer cette porte, afin que nous restions seuls. Dehors, au-dessus de ma tête, la cloche retentit. Je me situe dans l'espace. Une chambre au sixième étage. Au bout d'un certain temps, j'entends claquer la porte : elle l'a fermée. Bruit mat de l'oreiller jeté sur le lit. J'ouvre les yeux. Je fourre l'oreiller entre mon dos et le mur, sans l'occuper entièrement, pour lui laisser de la place lorsqu'elle viendra se coucher à mes côtés. Elle s'assied à la table. Du lit, mon regard embrasse toute la pièce. Elle est au centre de mon champ de vision. Dans sa robe verte, les formes familières de son corps. Elle sort une cigarette de son paquet, bruit de Cellophane. Précautionneusement, en veillant à ne pas déchirer le papier fin, elle en extrait, à l'aide d'une allumette, les brins de tabac. Elle les émiette sur une feuille de papier. Dans le silence, on les entend tomber sur la feuille. Pour l'instant, rien de particulier. Tout est inchangé. Elle est assise devant la table, là où nous en avons déjà grillé une. En bas, une voiture passe en vrombissant. Il ne faut pas céder à la fatigue, il ne faut pas m'abandonner au sommeil, sinon je ne vais rien sentir ou alors cela va agir sur mes rêves, et j'en ai assez de mes rêves. Il fait chaud dans la pièce. Pourtant, la fenêtre, au-dessus du lit, est ouverte. La porte du balcon aussi, ainsi que l'autre fenêtre. Je voudrais ôter mon caleçon qui me fait transpirer, mais cela me gênerait de rester nu, étendu, jambes écartées. Je ne veux pas voir mon corps. Sur le radiateur, un manuscrit volumineux que je dois lire demain. À vrai dire, j'aurais dû le lire aujourd'hui. Ou hier, car nous sommes peut-être demain. Sur le dossier, ma montre. Je pourrais la consulter, vérifier si nous sommes déjà demain, ou seulement aujourd'hui, mais mon geste viendrait perturber cette indifférence interne qui tarde à venir. Près de ma montre, un cendrier, un paquet de cigarettes, une boîte d'allumettes. Je pourrais allumer une cigarette. Il me semble que le calme qui conduit à l'indifférence m'est inaccessible. « Allumer une cigarette ne perturberait-il pas le rituel ? » Il faut combler le temps, par un geste, par une pensée, par n'importe quoi. « Attends un instant. Je t'en donne une toute de suite. » Alors, attendre. Elle prend une pincée d'herbe dans le sac en Nylon et procède lentement, calmement. « Ressens-tu quelque chose ? » Sa voix pleine sort tout naturellement de son corps. « Non. Rien. Seulement de la fatigue. Et toi ? — Rien. » Ses gestes sont pleins ; elle les accomplit avec calme, sans cette tension des actes visant un but. Comme si elle était seule dans la pièce, comme si je n'étais même pas là. Je ne l'avais encore jamais vue aussi calme, aussi insouciante, aussi peu méfiante. Et moi aussi. Il me semble que la crampe de l'attention s'est relâchée, je suis détendu. Je ne regarde pas, je vois. Je n'interprète pas ce que je vois, le spectacle me parvient intact. Elle aussi m'atteint, intacte. Elle fait rouler la cigarette entre ses paumes. Son bras brun dans l'échancrure de sa robe verte. Son corps devient plus corporel. La table semble s'éloigner du lit, elle est à une distance accessible. Quand elle viendra, je sentirai sa peau contre la mienne. L'attente a du bon : elle renferme à la fois l'inexistant et le possible, l'inimaginable et l'imaginable. On va faire l'amour. L'indifférence contient tout. Une distance entre deux points. Le premier, un corps livré à lui-même, là-bas, devant la table, une silhouette féminine pour laquelle j'éprouve de l'attirance, car l'autre point, c'est moi, couché dans ce lit, deux jambes poilues, une paire de cuisses écartées, une bosse recouverte d'un caleçon. La distance est compressible, réductible. Le corps est ridicule ; il est faillible, d'une simplicité dérisoire ; je pourrais ôter mon caleçon ; inutile. Mais si je pense à l'inutilité des mouvements, alors, c'est... que ça commence. Dans l'indifférence, les contours de ce monde, que je cesse d'observer, se découpent avec plus de netteté. L'indifférence est la plénitude de l'existant sans l'« ayant existé » ou le « pouvant exister ». Elle prend les ciseaux, coupe le filtre de la cigarette. « Ressens-tu quelque chose ? » Le filtre tombe sur la table. « Peut-être. Et toi ? — Oui. Ça a l'air de commencer. »

elle se lève. S'approche du lit. La cigarette à la main. Elle traverse la distance. D'un pas incertain. « Je le vois ! À tes mouvements ! » Passant sa main devant son front, elle sourit. « Oui. Mais ce n'est pas très fort. » Elle sort de mon champ de vision. Je devrais me retourner pour la voir. Le lit s'affaisse : elle vient de s'asseoir. Elle pose la cigarette sur la table de nuit. Parmi divers objets. Le magnétophone. Le livre. Le téléphone. Dans un verre, la limonade qu'elle n'a pas bue. À peine perceptible, son sourire devient très important, très significatif : il induit mon propre sourire et m'entraîne vers une vague limite derrière laquelle il n'existe, me semble-t-il, qu'un sourire infini. Cela pourtant m'effraie : je devrais m'enfuir. Le sourire s'ouvre en moi ; la distance n'est plus extérieure, elle est en moi, elle est infinie. L'infini est l'équilibre définitif. Auquel tu as toujours aspiré ! Et qui, pourtant, à présent, m'effraie. Je n'en veux pas, je ne veux rien, je ne veux pas me défendre. Je la regarde. Son sourire est un objet, si je m'abandonne, il peut me pénétrer, ouvrir en moi une distance, devenir mien, alors qu'une certaine mais réelle distance nous sépare encore. Mais je n'étends pas mon bras vers elle. La distance est extérieure, et, dans sa distance intérieure, c'est pour elle-même et non pour moi qu'elle sourit. Pourtant, même ainsi, elle est à moi. Elle bouge. Se retourne, ramène ses jambes sur le lit, appuie son dos contre le mur, mais laisse vacante la place que je lui ai réservée sur l'oreiller. Elle veut être loin, mais même ainsi elle est près. Elle est à son aise, elle est en moi. Ce serait le moment de l'attirer contre moi, tant que nous ne sommes pas encore séparés, tant que nous nous sentons mutuellement. C'est maintenant que je devrais la coucher, ôter sa robe. Elle a sa culotte et moi mon caleçon. Ces gestes que j'imagine me paraissent trop compliqués pour être exécutés. Je détourne la tête. Du blanc, dans le lointain, du blanc. À l'extrémité du spectacle qui s'offre à mes yeux, la porte ouverte du balcon, avec les reflets de la vitre. C'est bien. Ce n'est plus de l'attente. Tout ce qui arrive est bien. Peut-être n'aurai-je même pas besoin d'en fumer une autre. Les objets flottent dans le silence amolli. Les étagères de la bibliothèque, le battant de la porte ouverte sur le balcon, le mur blanc. Une main apparaît dans l'image ; la sienne. Comme si j'avais, pour longtemps, oublié sa présence à mes côtés. La cigarette dans sa main. Comme si j'avais oublié ma propre présence ; je suis devenu ce que je voyais ; et pour longtemps, alors que, j'en suis sûr, il s'agit d'un très court laps de temps. Ouvrir la bouche ! Je l'ouvre. Elle met la cigarette entre mes lèvres ; sa main me cache le spectacle, je referme mes lèvres sur la cigarette. Mon bras repose sur le côté. Une paume, des doigts écartés sur le drap blanc, au-dessus de moi, l'applique et

15

sa lumière jaunâtre. Elle se penche sur moi. Un visage pur éclairé par un doux sourire. Elle me donne du feu. J'entends craquer l'allumette, mais de loin, le son semblant plus lointain que la boîte d'allumettes. Mais je dois saisir la cigarette, car ma bouche est inerte. Je lève la main et je prends la cigarette, comme il faut. On l'allume, je tire une bouffée, le bout incandescent s'éclaire. Oui, c'est bien le goût de la cigarette : je suffoque, j'ai envie de tousser. Mais si je toussais, la fumée s'en irait sans que je puisse en profiter. Je lui passe la cigarette. Avaler la fumée le plus intensément possible et la garder longtemps dans les poumons. Les profondeurs où j'envoie la fumée se creusent de plus en plus. Ses longs cils s'abaissent. Ses paupières sont pleines, comme son corps et sa voix. Il est agréable de la voir fumer, d'observer les rides que creuse la concentration entre ses sourcils, et, dans sa robe sans manches, le hausse-ment de ses épaules s'immobilisant pendant le temps de la bouffée. La serrer contre moi. Non pas ce corps, mais cette attention tournée vers elle-même et que je voudrais faire mienne. Mais d'abord, finissons la cigarette. Ses cils se soulè-vent ; dans la lumière jaunâtre de l'applique, ses yeux semblent d'un bleu intense. Pas de sourire. Gênée par la fumée, elle porte la main à sa gorge, son corps tressaille, elle incline la tête, se débat et finit par tousser. Je lui prends la cigarette. Je tire une bouffée, mais je ne sens rien, je ne vois que mon geste ; la sensation que j'éprouve n'est pas habituelle, rien à voir avec le plaisir que peut rechercher la cavité buccale en aspirant la fumée. En deçà de tout plaisir, le désir à satisfaire se niche quelque part dans ma poitrine, dans les alvéoles de mes poumons, dans la région la plus profonde et la plus essentielle de mon corps. Il s'agit d'aspirer, de tout aspirer. Je voudrais lui passer la cigarette, mais elle me fait un signe de refus. Les deux pôles de la distance sont à présent en moi, entre ma bouche et mes poumons. La distance, c'est du désir. J'expire rapidement le résidu pour aspirer aussitôt une nouvelle bouffée. Aspirer toujours pour atteindre ce point critique, pour vaincre la distance que représente le désir. Donc, j'aspire profondément, mais le désir recule encore. Entre mes cuisses écartées, sa main pose un cendrier. Forme ronde du bronze, cendre et mégots sur la blancheur du drap. Courbant l'échine, je me penche en avant et aspire encore plus profondément, mais en vain ; la profondeur est infinie, je me courbe, en vain, mon geste ne peut réduire la distance qui habite en moi. J'aspire la fumée avec mon nez. En montant librement, la fumée se perdrait dans l'air, c'est pourquoi je me penche au-dessus et l'aspire avec mon nez. Cependant, la distance augmente encore. Elle est irréductible et la fumée que j'avale ne fait que l'accroître. Je me redresse. Je veux lui passer la cigarette, mais elle me fait un signe de dénégation. Elle observe. Son attention n'est plus la même qu'avant, elle est dépourvue de toute méfiance. Aussi neutre que si elle observait un objet. Cela ne me dérange nullement : je pourrais aussi bien être un objet. Je tire une bouffée : la braise se détache du corps de la cigarette et retombe dans le cendrier. Une braise vivante. Je la rattrape avec le bout de la cigarette, avant de tirer une nouvelle bouffée. Son goût épouse celui de la cigarette. Celle-ci émet une fumée compacte. Je la lui tends. Elle la saisit. Ses paupières se ferment, les rides de la concentration contractent ses deux sourcils. Elle est laide. Elle me rend la cigarette, son visage esquisse un sourire, elle est belle. J'aspire la fumée, mais je suis incapable de l'avaler aussi profondément que tout à l'heure. Je n'en ai plus besoin.

« Ne la jette pas ! »

Je la lui rends.

Tout s'élargit, tout s'ouvre. Jusqu'à l'infini, si je laissais faire. Ce n'est pas encore l'infini, mais cela s'ouvre sur l'infini.

« Écoute ! »

j'aimerais dire quelque chose ; je voudrais te dire quelque chose, mais ce rire m'en empêche

« Écoute ! »

il faut que je rie de quelque chose ; qu'est-ce que ce rire qui remplit tout et dont je n'arrive pas à me débarrasser, je n'arrive pas à remonter à la surface, il passe au-dessus de ma tête, il émane de moi, j'entends mon propre rire brutal et sauvage, et je sens mes lèvres écartées d'où jaillit ce fou rire ; en moi, il s'est emparé de tout, de tout ce que je suis ; je voulais seulement te dire que mon propre fou rire insensé me rend imbécile et dégoûtant, tout cela parce que j'aurais voulu te dire quelque chose

à toi

mais j'ai oublié quoi ; ce que je voulais te dire est devenu moi-même à tel point que je n'ai plus besoin de le dire ; je n'en peux plus de rire, j'étouffe, mais cela aussi est ridicule ; c'est sans fin, mon propre rire me fait rire, je n'en peux plus ! Cela vient de profondeurs de plus en plus abyssales, cela se renforce, cela sort de ma bouche, je l'entends. Il ne faut pas ! Pourquoi ne faudrait-il pas ? Mes pensées sont d'une effrayante inutilité, tout ce qui est bon est inutile.

Les yeux fermés

elle est couchée sur le dos. Immobile. Donc, mon fou rire n'existait que dans mon imagination. C'est le silence. Ainsi, je n'ai jamais ri. Et mes yeux étaient clos, puisque je n'ai rien vu, j'ai seulement senti s'approcher, exploser et s'éloigner mon propre rire imaginaire. Je fais glisser mon corps, ma tête, appuyée contre le mur, retombe sur l'oreiller. Le cendrier n'est plus entre mes cuisses. Pour me protéger contre le rire, je referme les jambes. Cela n'a duré que quelques secondes, une durée incontrôlable. Elle m'a ôté le cendrier. Il faut la laisser faire. Pourquoi toujours se défendre contre tout ? J'étends le bras, elle bouge, elle se retourne. Le poids de son corps me rend conscient du mien. Elle s'installe, couche son visage sur ma poitrine, attire mon genou entre ses cuisses. Le vert, qui emplit mes yeux, me gêne. Cette robe me gêne.

« Enlève ça ! »

Les yeux fermés, elle se redresse.

« Oui. »

Empressée, grave et sonore, sa

19

voix vient se lover contre mon corps. Comme si elle n'existait même plus, comme si elle n'existait que pour moi, comme si elle ne se manifestait qu'en moi. Croisant ses bras pleins, elle saisit, dans un geste empreint d'une grande beauté, l'ourlet inférieur de sa robe qu'elle tire vers le haut. Le blanc de la cicatrice traverse en diagonale le brun de son ventre ; l'étirement amincit sa taille ; ses seins blancs jaillissent, d'une blancheur intacte, préservés du soleil avec le halo violacé des mamelons que je voudrais effleurer de ma bouche, mais je ne bouge pas ; ce n'est pas de son corps que j'ai besoin, seulement de son geste ; en m'abstenant de toucher son corps, j'absorbe entièrement ce que je vois. Je n'avais encore jamais senti qu'un geste étranger puisse être mien. Je ferme les yeux pour emprisonner ce qui est devenu mien. Mais le spectacle m'échappe et je me précipite dans mes propres distances. Ses cuisses serrent mon genou dans un étau et l'attirent vers elle.

« C'est bon, Dieu que c'est bon ! » cette voix qui frappe mes oreilles emplit le corps qui est le mien et dont je ne perçois l'enveloppe que grâce au poids de ce corps qui se plaque contre lui. Je ne me sens que dans la mesure où je la sens, elle. Et cela me rend heureux. J'entoure sa taille de mes bras. Je ne l'ai encore jamais sentie mienne avec une telle intensité. Elle m'étreint, je l'étreins et, de nouveau, elle entre en moi à travers sa voix qui frappe mes oreilles.

« Putain, qu'est-ce que je suis bien ! Je peux te dire que je suis très très bien, je peux te dire des choses ? Je voudrais, ooohhh ! Je voudrais te dire des choses. Est-ce que je peux te dire des choses ? »

et elle rit.

Son rire me remplit, provoque et libère mon propre rire, je le sens entrer par vagues dans mes oreilles, je réponds par l'explosion de mon propre rire, nous rions et il est désormais impossible de séparer nos voix, nos voix confondues, mêlées, car toute distance est abolie et il ne reste que la menace des voix tour à tour jaillissantes et refluantes, qui embrassent tout, remplissent tout. Il faudrait me cramponner à quelque chose d'extérieur. « Oui ! » J'entends mon propre cri que — je le sais — j'ai émis pour couvrir mon rire.

« Oui ! Dis-les ! Mais pas avec ces vilains mots, ne prononce pas ces mots-là, ce n'est pas le moment ! »

Elle a cessé de rire. Silence. Je sens l'absence de ce rire envahir mes oreilles, je perçois cette absence comme, tout à l'heure, je percevais sa voix ; le silence se prolonge, s'étire, refroidit de plus en plus ; et c'est de ma faute ! Même dans cette situation je reste vigilant ; des considérations d'ordre moral dans l'amoralité générale, c'est ridicule ! mais ma phrase est irréversible, je suis irréversible, car que cela plaise ou non, je suis tel que je suis, tout comme elle est inaltérable. Mais je ne veux pas y réfléchir, car cela l'éloigne de moi et je voudrais la rejoindre ; je ne sens ni son corps ni son poids, pourtant, je sais qu'elle est là ; une phrase de travers m'a démasqué et je suis retombé dans la distance qui

21

nous sépare, je l'ai perdue, pourtant c'est
                                              elle
                                              que
je veux ; chose étrange, alors même que je ne perçois rien de ce qu'on appelle le monde extérieur,
mes idées sont claires ; je ne le veux pas ! ces
idées sont à moi, je ne les veux pas, je veux me
cramponner à quelque chose qui puisse me rame-
ner à elle.
          « Dis. Je t'en prie. Dis ! »
                                        j'entends ma
voix, je sais que je peux me cramponner instincti-
vement à ma voix ; et je vois déjà, je vois son
visage sur mon épaule, ses paupières fermées, ses
dents blanches étincelantes de salive, et j'entends
son rire. « Dis ! Je t'en prie ! » Son rire m'emplit
jusqu'aux pieds, et le poids léger de son corps me
rend conscient de mon corps, je sens que j'ai un
corps, je ris, j'entends mon rire, isolé, à part.
« Veux-tu que je te dise des choses ? — Oui ! »
Nous sommes incapables de nous délivrer, elle
voudrait pourtant me dire des choses ; mais nous
avons sombré dans une inextricable et bienheu-
reuse communauté, masse en fusion, masse noire
et malléable dont m'arrache tout à coup sa voix
criarde de petite fille
                        peine
                          reine
                            même
                              crème
                                viens

22

sous l'eau si tu m'aimes

      sous l'eau

           dans le seau

                il

fait

    toujours beau

        je sais que je devrais avoir mal, mais je suis incapable d'avoir mal ; le corps et la douleur ne sont que de vagues souvenirs, j'éprouve quand même une sorte de douleur ou d'angoisse, ce rire irrépressible, ce rire qui ne s'éteindra jamais. Je veux, moi aussi, je veux ! Maintenant, c'est moi qui veux ! « C'est moi qui veux. Moi aussi, mais je ne sais pas ce que je veux. — Dis ! Dieu que c'est bon ! Dis ! Tu entends ? Dis ! que c'est bon, dis ! » crie-t-elle. Maintenant c'est moi qui veux. Je hurle, j'entends mon hurlement, mais ce n'est pas ma voix, la voix vient de loin, c'est une voix ancienne, une voix d'enfant et son cri à elle est celui de la petite fille qu'elle était autrefois

      Le moineau

          a pété

              ses pattes

        se sont brisées

            on l'a

emmené

    non je n'en peux plus, je ne supporte plus ce rire ; s'accrocher, mais à quoi ? réprimer ce rire pour pouvoir continuer, pour rire de plus belle

    une épine au cul !

Jeannot
tu   es
foutu !

foutu ! foutu !
le dernier mot s'éloigne lentement
foutu
j'entends encore
foutu,
mais le rire emporte
tout, il n'est plus effrayant, il est tout simplement
bon, une légère lévitation, une enveloppe dont la
joyeuse chaleur m'entoure, je sais seulement que
je suis couché au centre de cette enveloppe
avec
elle,
dans son corps, comme si j'avais pénétré
dans son corps, sans le toucher, le laissant intact,
je flotte dans son corps alors même que je sais
qu'il n'en est rien ; je suis simplement étendu ici,
impossible, d'ailleurs j'ai mon caleçon sur moi !
et pourtant j'ai l'impression
que nous
nous appro-
chons ; au fur et à mesure que les mots qui ont été
prononcés s'éloignent, nous voyons s'approcher
quelque vague et, semble-t-il, familière ligne
de démarcation au-delà de laquelle s'étend ce
bien suprême dans lequel je flotte, mais ce bien
suprême peut passer, oui, il peut passer à son
contraire, le rire peut se transformer en un hurlement désespéré, en une distance entre deux
points, je m'approche
« Que c'est bon, mon Dieu !
Que c'est bon ! C'est toi qui l'as trouvé ? N'est-ce

pas que c'est toi qui viens de le trouver ! Comme c'est bon ! C'est toi qui l'as trouvé ? »

c'est, en effet, très bon, je voudrais dire que c'est bon, mais au dernier moment, ta voix me retient, ta voix ne me permet pas d'atteindre le point dont je sens que je m'approche, à moins qu'il ne s'approche lui-même de moi. Je devrais dire : non, ce n'est pas moi qui l'ai trouvé, mais la fillette dans le jardin, qui lève une jambe et sautille

c'est elle qui l'a dit, au jardin

ce serait trop long et trop compliqué de l'expliquer

« Oui. C'est moi qui l'ai trouvé. »

la fillette au jardin, ce sera pour plus tard.

« Sais-tu où je suis en ce moment ? Je vois des motifs folkloriques. Des motifs folkloriques. Je les vois. Mais je ne sais pas où je suis, je sais seulement que je vois des motifs folkloriques et je me trouve parmi eux. »

oui, des motifs folkloriques ! sa voix grave et caverneuse évoque pour moi aussi des motifs folkloriques, ou peut-être seulement leur souvenir ? je voudrais lui dire que moi aussi, il n'y a pas si longtemps de cela, moi aussi, j'ai vu des motifs folkloriques, ils vagabondaient dans ma tête, c'était peut-être hier, ou aujourd'hui, ou il y a plus longtemps que cela, il faut que je le lui dise, car s'il en est ainsi, si notre fusion est telle qu'elle projette en elle ce que je vois, si une telle force existe, les motifs folkloriques entrevus par moi sont certainement parvenus dans sa tête par une sorte d'osmose ; ce n'est pas impossible, mais je suis incapable de me souvenir, comme s'il n'y avait rien dont je puisse me souvenir, sinon ces deux mots familiers, le passé et la remémoration, qui me rappellent que j'ai un passé, preuve que les mots ont une signification, et si j'étais capable de me souvenir, les motifs folkloriques qui ont rejoint sa tête surgiraient en un point déterminé de ce passé. Mais je suis incapable de me souvenir de ce que je devrais dire, je sais seulement que je devrais dire quelque chose à propos de certains motifs folkloriques et que je ne me souviens plus de ce que je devrais dire. Mais je devrais dire quelque chose ! Dans cette tension

je sens que je repousse son corps qui repose sur le mien, je viens de me rendre compte que son corps était sur le mien, jusque-là, je ne m'en étais pas aperçu ; je n'avais pas senti son poids, d'ailleurs maintenant je la vois, donc, jusqu'ici, je ne voyais rien, sans doute avais-je les yeux fermés, et je me suis battu avec quelque chose, sans le sentir,

sans doute sommes-nous dedans,

mais je m'en suis sorti, car je vois, je sens qu'elle entoure mon genou de ses cuisses, et mon épaule de son bras, sa tête est sur ma poitrine, je sens la chaleur brûlante de son visage, comme si j'avais la fièvre, la brûlante hébétude de la fièvre, la maladie, à moins que nous n'ayons fait l'amour, d'où ce sentiment fiévreux de satisfaction, cette émergence

de la chambre,

des meubles,

du silence, du mur blanc en face,

mais non ! cela ressemble seulement à ce qu'on éprouve après l'amour ; sa tête est sur ma poitrine ! dans ce cas, je ne l'ai pas repoussée, elle sourit sur ma poitrine. Sans doute me suis-je moi-même repoussé de quelque chose, de mes propres pensées qui erraient autour de certains motifs folkloriques ; maintenant ses yeux sont ouverts, et ce sourire ; écoute ! « Tu y es ? — Je crois que oui. » Dans ce cas ! « Dans ce cas, essaie d'en sortir, car je voudrais te dire quelque chose d'intéressant et je voudrais que tu le comprennes bien. À propos de ces motifs folkloriques. Si tu as vu ces motifs folkloriques, c'est sûrement parce que moi aussi je les ai vus, il y a quelques heures ou hier ou je ne sais pas quand, parce que, en dehors de l'instant présent, oui, de l'instant où je parle, n'est-ce pas ? il me semble que rien n'existe. Bref, ce qui a été m'est inaccessible, mais je crois que c'est à moi que tu les a pris.

— Pris quoi ?

— Eh bien, ces motifs folkloriques. C'est à moi que tu les a pris. »

La main posée sur ma poitrine, elle se redresse, se penche sur moi, son bras se retire de sous mon dos. Elle me regarde. « Quels motifs folkloriques ?

— Ceux dont tu viens de

parler !

— C'est donc de toi...

— Oui. Je voulais te les donner, c'est pour cela que tu me les a pris. »

Elle me regarde et son sourire se fige.

« Chéri, je crois qu'il ne faut pas que nous en sortions. Il faut nous y abandonner totalement.

— D'accord. Tu as raison. » Elle a raison, il faut s'y abandonner totalement. Chaque chose suit ses propres règles. Il ne faut pas en sortir ; mais si nous en sommes sortis tout à l'heure, d'où est venue cette chose confuse, d'où sont venus ces motifs folkloriques ? C'est une sorte d'idée fixe. Je n'en suis pas sorti, j'ai cru seulement que j'étais lucide, que ce que je ressentais n'était qu'illusion ; si la lucidité admet des degrés, par exemple, en ce moment, sans être tout à fait lucide, je le suis davantage que tout à l'heure, si donc de tels degrés existent, si cet escalier menant vers le haut existe, la lucidité absolue, au sein de laquelle je pourrais me sentir en sécurité, n'existe pas, la plus haute marche n'existe pas, chacune n'étant qu'une nouvelle illusion.

Je suis dans un lit, couché sur le dos, voici la chambre ; en face, le mur blanc, le battant ouvert de la porte du balcon avec les reflets de la vitre. Sa tête sur ma poitrine. Cela pourrait être un degré de la lucidité, une étape à partir de laquelle, rétrospectivement, tout ce qui est advenu devient nul et non avenu. Comme si notre rire, ce rire irrépressible, et ces motifs folkloriques, pendant que nous sommes couchés, immobiles, sa tête sur ma poitrine et ses cuisses entourant ma jambe, n'étaient que les étranges produits de mon imagination. Elle bouge. Il serait bon de décider de ce qui relève de l'imagination et de ce qui appartient à la réalité. Elle semble se réveiller d'un long sommeil. « J'ai la main tout engourdie. » J'entends sa voix qui me parvient d'un rêve lointain, la voix de quelqu'un qui vient de se réveiller. « Je veux passer ma main sous ton dos, elle est tout engourdie. » J'entends sa voix. C'est cela, la réalité, et tout ce qui s'est passé jusqu'ici appartient au domaine de l'imagination. Nous avons dormi. C'était un rêve. Je creuse mon dos, sa paume se glisse entre mes omoplates. Elle se serre contre moi, je la serre contre moi. En vain. Son corps que, pourtant, je serre contre le mien me paraît insaisissable. C'est en vain que je le serre contre moi, j'ai toujours l'impression que, pour le sentir, je devrais le serrer plus fort, je le serre plus fort, et j'ai l'impression que je devrais redoubler d'efforts. C'est que je ne parviens pas à séparer son corps du mien, comme si les deux corps n'avaient pas de limites précises ; en apesanteur, ils se confondent. « Sais-tu où je suis en ce moment ? » J'entends sa voix, une voix calme et flottante, en train de regagner le domaine du sommeil ; toutefois, sa voix semble venir de ma gorge. « Je suis dans un pré, tout en longueur, immense, un pré fleuri, et je suis insecte parmi les fleurs, je ne me vois pas, je sens, je sais seulement que je suis insecte, tu comprends ? » Le pré, les fleurs, un coléoptère de couleur noire et au dos luisant, dans un pré printanier, éclairé par le soleil.

« Comme on est bien dans ce pré ! Si seulement tu pouvais savoir comme c'est bon d'être insecte dans ce pré ! » Je vois l'insecte qui rampe dans l'herbe, entre des mottes de terre. Sa main tâte mon dos. « Comme je suis bien ! Comme je suis bien ! Ton corps me fait du bien ! Ton corps est rempli d'air comprimé ! Je n'avais encore jamais senti que ton corps était rempli d'air comprimé ! » Sa paume se confond avec mon dos. Un cri sourd dans le pré retentit à mes oreilles. Deux troncs d'arbre dans le pré, mais ce ne sont pas deux troncs d'arbre, c'est, je le sais, une paire de cuisses écartées, et pourtant ce sont deux troncs d'arbre, entre eux une luge glisse à flanc de coteau dans le pré hivernal, elle s'introduit entre les deux troncs d'arbre, entre les deux cuisses, elle s'introduit et se rétracte, remonte le coteau, puis le dévale, vers le bas, puis vers le haut ; une brume opaque enveloppe le paysage hivernal

je
suis bien
            Dieu
                    que je suis bien
                            Dieu que je suis
bien
        hurlements étouffés au rythme de la luge qui monte et qui descend ; mais ce n'est pas une luge ! c'est une sorte d'ascenseur qui monte et qui descend entre deux troncs d'arbre ou deux choses ; mais, comme si cette chose
                        qui monte et qui
descend
            n'était pas un ascenseur, mais autre

30

chose, comme si c'était moi

                    dans le rythme de

                                la

voix

    oh ! ton corps est rempli d'air comprimé !
oh ! mon corps est rempli

                  oh ! que c'est

                      bon

                          je chute
et me relève au rythme de sa voix, en bas ! en
haut ! je glisse comme la luge, dehors, dedans ;
dehors, je veux la pénétrer, dedans, je veux me
retirer ; en haut, en bas ; élévation et chute,
comme un ascenseur ; mais je sais désormais que
ce que j'ai vu, c'était moi ; que l'ascenseur et la
luge symbolisent mes propres mouvements, je
suis donc en elle ! mais alors, je devrais la sentir !
Au gré de mes mouvements, j'entends s'approcher

    oh que

        c'est bon

                  un rythme qui se creuse et
qui s'élargit et, à la fin de chaque temps, un dur
obstacle, un obstacle que le temps suivant doit
surmonter ; je le sais désormais ; je me retire pour
la pénétrer encore plus profondément, chaque
retrait est la recherche d'une meilleure position ;
d'ailleurs, mes mouvements ne me conduisent
pas d'arrière en avant, mais vers le haut ; ce n'est
pas vers les profondeurs que j'avance, mais vers
les hauteurs ! chaque pénétration m'entraîne
dans un espace opalin et chaque retrait est une
glissade vers une pulsation molle et obscure ;
hurlante pulsation ; alternance de lumière et

d'obscurité, de hurlements et de silences ; mais la lumière n'est pas de la vraie lumière, car je sens la dureté de l'obstacle et je sais que, si cet obstacle n'existait pas, si je me plaçais de façon à le supprimer, de façon à ce qu'il disparaisse ! alors, j'atteindrais la vraie lumière ! mais où suis-je ? si nous étions en train de nous étreindre, je le sentirais ! au contraire, tout ce que je sens, c'est que je suis entre lumière et obscurité, que je me heurte sans cesse à un obstacle, que je me hisse et que je tombe au rythme du silence et des hurlements ; à la limite de la lumière et de l'obscurité, je me heurte sans cesse à ce petit obstacle dur ; qu'est-ce que c'est ? il faut que je sache où je suis !

là où je suis, dans ce rythme incessant, sans fin, il a beau se creuser et se dilater, il est sans fin, car l'obstacle me repousse sans cesse et m'empêche de parvenir au bout de mon propre rythme,

il me semble voir mes yeux ouverts, la porte ouverte du balcon, le lit avec son drap blanc et ses cuisses qui enferment mon genou. Oui. Il me semble voir tout ça dans la lueur vespérale de la lampe. Et c'est le silence. Et les hurlements ont cessé. Nous ne nous étreignons pas, seul mon genou, me semble-t-il, imite le rythme de l'étreinte ; mon genou se heurte à son pubis. Mais cela ne me sert à rien de savoir ce que je vois : ce que je sens, c'est ce rythme incessant, impossible à arrêter, seul ce rythme est réel, ce que je sais et ce que je vois ne sont que tromperies sur la réalité : je ne sens pas ce que je vois, je ne sens que le rythme dans ma distance intérieure. Lumière et obscurité, lumière et rechute dans l'obscurité.

J'ouvre les yeux. Tout à l'heure, ils étaient déjà ouverts. Quand les ai-je fermés ? D'ailleurs, il me semble qu'ils ne sont pas ouverts, que j'imagine seulement qu'ils sont ouverts, comme si je la voyais pour la première fois

elle est couchée sur moi comme si elle dormait. Si elle dort réellement, et pas seulement dans mon imagination, alors tout ce qui s'est passé jusqu'ici n'est qu'illusion des sens. Elle sourit dans son sommeil. Bien sûr, c'était une illusion des sens, preuve en est ce silence, et comme il est bon de regarder ce visage qui sourit dans son sommeil.

Impossible de décider si je la vois ou si j'imagine seulement la voir. De même, il est impossible de décider si nous nous sommes réellement étreints, si seul mon genou a fait l'amour avec son pubis, ou si j'ai tout imaginé. Je ne sens pas ce que je vois ! J'essaie de la serrer contre moi, mais je ne la sens pas, car je ne sens pas mon corps, je le vois seulement. La perception est en moi, le spectacle est en dehors de moi et les deux ne se rejoignent pas. Il faut que je lui dise ceci : je te vois, mais je ne te sens pas, par contre, je sens le rythme que je ne vois pas ; parce que je vois que tu es couchée ici et que tu dors, et pourtant je sens que nos corps bougent dans le rythme de l'étreinte. Je ne veux pas !

« Eva ! »

Silence. Il me semble que dans ce silence je vois réellement ce que je vois. Sa tête sur ma poitrine, elle semble

33

sourire dans son sommeil. Mais c'est une chose que j'ai déjà vue ! Et quand je l'ai vue, je n'ai fait que croire que je la voyais, comme maintenant, alors que ça disparaît toujours, alors que disparaît tout ce que je crois réel. Je sens sous ma tête un mol oreiller ! Mais je ne sens pas mon corps que je vois pourtant. Mais si je sens l'oreiller, si j'arrive à le distinguer de ma tête, c'est qu'il existe, malgré tout, quelque chose que je peux percevoir.

    « Eva !

           — Oui, chéri. Oui. Oui, chéri »

Dans une bulle brûlante, enfermé dans l'enchaînement de la répétition

                  oui oui chéri

                        oui

                          cela

fait combien de temps

                qu'elle le dit ?

                    oui

                    oui

                      chéri

dans ce cas, ce n'est pas la réalité, mais l'apparence de la réalité

            Oui chéri

                  et alors il est impossible de s'en dépatouiller, car elle aussi est tombée dedans et nos deux hébétudes se sont emmêlées

      chéri

            oui, chéri

                  Il faut se réveiller ! Cela suffit !

oui, chéri

    « Eva !

       — Oui chéri ! »

          il me semble qu'elle parle réellement, que je n'entends pas seulement — depuis combien de temps ? — une suite de sons.

    « Eva ! Il nous arrive quelque chose d'étrange !

       — Oui, quelque chose d'étrange. »
Parti des profondeurs, d'une distance non pas extérieure, mais intérieure, j'arrive en haut d'une spirale ; je suis sauvé, je sens ma respiration ; j'aspire l'air d'une chambre que je vois. Je peux voir son visage, ses yeux, son regard un peu voilé par l'effort qu'elle fait pour revenir ; donc elle lutte, elle lutte contre la même chose que moi. Et je peux voir sa peau lisse, couleur de soleil, ses longs cheveux de lin ; et je sais que je suis ici.

       « Oui.
Quelque chose d'étrange. »

        Je voudrais lui dire ce qui s'est passé, mais ce qui s'est passé n'est pas dicible. Ce qui s'est passé n'est pas isolable, mais inséparable de moi, et pour le dire, il faudrait le répéter point par point. Pour le dire, il faudrait pouvoir séparer ce qui s'est passé de ce que j'ai cru s'être passé, alors que ce n'était que de l'imagination.

    « Eva !

       — Oui chéri.

         — Il nous est arrivé

quelque chose d'étrange. »

        il me semble que c'est un autre qui parle à ma place, avec ma voix qui m'est familière et que cet autre, qui est moi, a déjà dit cela un autre jour ; mais elle m'observe, elle se penche attentivement sur moi ! son attention me prouve avec certitude que ce que j'entends ou ce que je vois, je l'entends ou je le vois pour la première fois ; s'il en est ainsi, si je suis réellement parvenu à la réalité concrète du toucher, de la respiration et du spectacle, alors tout ce que j'avais pris pour de la réalité et dont la réalité irréelle m'avait tellement effrayé,

        alors,

         n'était que de l'imagination. De l'imagination et rien d'autre. Et alors, il me semble qu'entre deux mots que je parviens à articuler, je retombe dans cette réalité hébétée, et il me semble que cette hébétude prolonge jusqu'à l'infini le temps écoulé entre deux mots, et que dans ce temps prolongé, dans ce temps de l'hébétude, tous les temps sont présents. C'est du temps présent qui comprend le passé et l'avenir. Oui. Une fois de plus, je raisonne, alors que j'aurais voulu parler, et si je me remets à raisonner, je m'enfonce une fois de plus dans cette durée indéterminée qui se prolonge jusqu'à l'infini, dans cette durée que je viens de formuler pour m'en arracher et pour revenir au temps que j'avais cru réel, mais c'est impossible, à présent, car la réflexion m'en empêche, elle m'empêche de m'accrocher à ce que je voudrais prendre pour de la réalité.

« Eva !

— Oui, chéri !

— Il nous arrive quelque chose d'étrange.

— Oui quelque chose d'étrange.

— Maintenant. Je voudrais m'en délivrer maintenant. Je voudrais le dire. Je voudrais en sortir. Je voudrais te le dire. Le formuler ? Entends-tu ce que je dis ? Es-tu là ? Est-ce que j'imagine seulement que tu es là ? Es-tu dedans ?

— Oui. Je crois que je suis dedans. Jusqu'au cou. Mais je sais être attentive. Je suis attentive à toi. Tu m'entends ? Je suis là. »

À elle, oui, à elle, je peux me cramponner. Non à mes propres pensées, à mon imagination, ça, j'en suis incapable. De nouveau, je raisonne. Penser que je raisonne est déjà une pensée ? Arrêter. Mais ça aussi, c'est de la pensée.

Non !

Oui.

La chambre. Je veille. Le cerveau fonctionne sans cesse. Enfin, je suis en éveil. Mais les objets tantôt s'approchent, tantôt s'éloignent. Il ne faut pas les regarder trop longtemps. Ils bougent. Sa tête sur ma poitrine. Je sens son poids. Je sens que nous constituons deux entités différentes et je sens qu'elles se touchent : mais il faut empêcher qu'elles se confondent, comme tout à l'heure. Elle semble sourire dans son rêve. Elle m'entoure de ses bras, elle est là, ses deux cuisses pleines, couleur de soleil, enferment mes genoux : je sens la dureté de son pubis sur mon genou. Voilà ce que j'aurais voulu dire ! Mais il ne faut pas que je la réveille ! Dort-elle vraiment ? Tout à l'heure, il m'a semblé qu'elle disait quelque chose, il m'a semblé entendre sa voix, qu'a-t-elle dit ? et quand ? Entre-temps, j'ai dû replonger et elle s'est endormie. Elle sourit dans son rêve, elle s'est endormie. C'est bien, c'est très bien comme ça. La porte du balcon. S'approche. Le mur blanc s'approche aussi, tout blanchit, je ne le vois plus. Quand je regarde quelque chose, cette chose me remplit entièrement, s'empare de moi. Non, il ne faut pas que je replonge encore. Mais que faire, où me réfugier, si chaque instant engendre quelque chose ? Si je fermais les yeux, je pourrais sans doute y échapper.

Obscurcissement.

Il me semble que je ne suis pas couché dans un lit, mais au milieu de cet obscurcissement, je sais que je suis dans un lit et pourtant, ce que je sens, c'est que je suis couché en moi-même, alors même que je sens sa paume sur mon dos, son poids sur mon corps, le petit obstacle dur que forme son pubis contre mon genou. Non, il ne faut pas que je sente tout cela. Il faut trouver quelque chose de nouveau avant que je sombre. À chaque instant, il faut trouver quelque chose, et alors, j'éviterais la chute libre.

« Oh ! comme ton corps me fait du bien ! »

J'entends sa voix qui émerge de son sommeil, qui remplit de clarté le vide obscur que je suis, son corps contre mon genou forme un obstacle qui s'élargit dans un rythme qui se rétrécit

je

tombe plus bas

je me hisse je voulais seulement te demander si tout à l'heure ou à un moment donné tu m'as dit :

oh ! que je suis bien, ton corps est rempli de particules d'air comprimé

c'est bon !

oh ! que c'est bon !

lévitation vers l'opalin,

vol

plané,

chute

libre

dans l'obscurité qui pulse mollement oh ! que je

suis bien

où

suis-je ? qu'est-ce ? nous faisons l'amour. Non ! ce n'est pas la même chose ! mais cela ne me sert à rien de savoir que j'éprouve une illusion réelle, une illusion que j'ai déjà éprouvée. Cela ne me sert à rien, puisque je le ressens, cela ne me sert à rien de ressentir le contraire de ce que je sais. Répétitions. Tout se répète. Si tout se répète inévitablement, je suis à nouveau dedans, et cela signifie que je ne m'en suis pas sorti tout à l'heure, je commence seulement à m'en sortir pour de bon. Mais cela signifie que

je m'élève, je me love dans cette clarté opaline, je m'élève de plus en plus, je n'ai jamais été aussi haut, je sais que je suis à une hauteur qui se dilate de plus en plus, où l'infini est à portée de bras, et que je m'élève irrésistiblement vers..., je m'approche

chute libre

dans la molle obscurité pulsante, mais alors je suis dans la répétition, la répétition de l'illusion des sens, et s'il y a illusion des sens, cela veut dire que je ne m'en suis jamais sorti ; au contraire, je m'enferme définitivement dans le cercle des répétitions ; un cercle qui n'a pas d'issue, qui n'avait qu'une entrée, quand ? où ? quel cercle ? mais pas d'issue

« Eva ! »

J'entends, oui, j'entends le hurlement, mon propre hurlement, je m'entends hurler au-dessus d'un espace intersidéral mou, pulsant et noir, je plane d'une manière indéfinissable

« Oui, chéri ! »

ça, je l'ai déjà entendu ! tout se répète, il n'y a rien de neuf ; s'il y avait du neuf, si tout ne se répétait pas indéfiniment, je pourrais me cramponner, je pourrais m'arracher à ce

« Il nous est arrivé quelque chose d'étrange. »

Je m'entends parler, mais il me semble que ce n'est pas maintenant, que cette voix appartient au passé

« Oui. Quelque chose d'étrange. »

c'est la première fois que j'entends ça, je sais que ce n'est pas la première fois, mais j'ai l'impression que c'est la première fois, et si c'est la première fois, alors tout va bien, seulement les temps se confondent en moi si c'est la première fois, si cette phrase est la même que celle qu'elle vient de prononcer, mais que j'entends pour la première fois, vu qu'en moi un temps étiré à l'infini se déroule avec toutes ces répétitions que l'on sait ; si c'est la première fois, alors

le monde imaginaire est ce que je prenais pour le monde réel et la réalité est ce que je croyais être de l'imagination, et dans ce cas, tout va bien, je n'ai plus qu'à séparer les deux. Je suis encore en train de raisonner. Il ne faut pas. Mais cela ne sert à rien de croire quoi que ce soit, je ne me sens ni dans le réel ni dans l'imaginaire. Je me relève : il me semble que je pénètre dans son corps : vers le haut, vers l'avant. Il faut que je ressente !

« Il faut que je ressente !

— Que faut-il que tu ressentes, chéri ? »

Il faut que j'émerge d'un bond, il ne faut pas que je sombre.

« Il faut que je sente que j'existe !

— Tu n'es pas bien ? tu te sens mal ? »

qu'est-ce qu'elle demande ? qu'est-ce que ça veut dire : mal ? mal ? mal ?

— « Tu te sens mal, chéri ? »

Cette scène a déjà eu lieu ! Se

41

souvenir ! Un mot qui me vient je ne sais d'où. Se souvenir ! Qui prononce ce mot en moi ? Se souvenir ! De quoi ? Se souvenir ! Hélas ! je ne peux pas, je ne sais pas me souvenir, parce que je ne sais pas de quoi je dois me souvenir, je sais seulement qu'une fois de plus je ne sais pas ce que je devrais savoir, auquel cas je suis de nouveau dedans et, de nouveau, ne trouve pas la sortie.

De l'obscurité qui n'a ni fond ni hauteur

où je ne suis pas,

alors que je sais que je devrais y être

« Il faut que je ressente ! »

J'entends ce hurlement qui, au lieu de venir en moi, s'éloigne au-dessus de ma tête, il vient de moi

« Que faut-il que tu ressentes, chéri ? »

Je vois. Je vois son visage. Elle est attentive. Attentive à quelque chose. Elle est au-dessus de moi, donc elle se penche sur moi. Si elle se penche sur moi, c'est que je suis ici, couché dans ce lit. Là où, tout à l'heure, je me suis étendu, sur le dos. Donc, l'oreiller est sous ma tête.

« Tu te sens mal ? Tu te sens mal, chéri ? »

Je vois remuer doucement ses lèvres, j'entends ce que je vois, et ce que je vois et ce que j'entends m'enlacent, comme m'enlacerait un corps réel, mais elle n'est pas corps, je ne fais que la voir et l'entendre

« Il faut que je fasse quelque chose, il faut que je ressente quelque chose !

— Tu te sens mal ? tu te sens mal, chéri ? »
mal ? sa voix, son regard attentif indiquent qu'il m'est arrivé quelque chose qui l'angoisse. Mais je ne comprends pas pourquoi, puisque je suis tellement bien ainsi.

« Tu te sens mal, chéri ?

— Non. Je ne me sens pas mal, seulement, tout à l'heure, je me suis perdu et parce que je me suis perdu, je t'ai perdue. »

C'est bien de s'entendre parler. Ce serait bien de continuer à parler. À présent, je suis, j'existe parce que je te vois. Je vois s'approcher tes mains, je sens ta peau et les renflements de ta paume sur ma peau, oui, grâce à ta paume, je sens mon visage, j'ai un visage et il faut que je le dise, parce que si je parle, si je parle très vite, je suis, je n'ai plus le sentiment de ne pas être tout en devant être.

« Ne me sens-tu pas ? Entends-tu ce que je dis ? Tes mains. Tes pieds. Sens-tu tes mains, tes pieds ? »

comment sait-elle que c'est précisément cela qu'elle doit demander ? les mots, comme c'est amusant ! qu'on prononce le mot main, le mot pied, et les mains et les pieds deviennent sensibles ! ainsi parvient-elle, avec ses mots, à me faire percevoir ce qui est mien.

« Oui.

Je les sens. »

        mais pour que je les sente vraiment, il faudrait qu'elle prononce encore les mots qui évoquent mes mains et mes pieds. Je ne suis pas encore tout à fait réveillé. Mais si je ne sens pas mes mains et mes pieds, si je ne me sens pas, la sensation d'être ici n'est peut-être qu'une illusion. Or, tout à l'heure, quand ? j'ai décidé que ce que je croyais être imaginaire était la réalité et que ce que je croyais relever de la réalité était le fruit de mon imagination ; et, en inversant ainsi les choses, tout va bien. Si je ne sens pas les choses, c'est que je les imagine. « As-tu soif, chéri ? » non, je n'ai pas soif. « Il faut que je ressente quelque chose ! » la langue explore une cavité : des dents, la bouche ! Ma bouche. « Veux-tu que je t'apporte de l'eau ? » Je la vois nettement. Je vois son visage, la pièce et il me semble qu'elle m'a demandé quelque chose. Oui, c'est bien la pièce. Voici la porte vitrée qui s'ouvre sur le hall. Une chose dont, au moins, je suis sûr. Voici des objets fixes. Des meubles. « Entends-tu ce que je dis ? Veux-tu que je t'apporte de l'eau ? » elle a remarqué que j'avais soif, que ma bouche était sèche, comment sait-elle que j'ai soif ?

                                « Je vais en chercher moi-même ! Il faut que je sente que je suis capable d'aller chercher un verre d'eau ! »

                                                Je m'élance. Voici la porte qui s'ouvre sur le hall, il faut l'ouvrir. J'ai l'impression de planer au-dessus du lit, désincarné, je ne sens pas le sol sous mes pieds : je vois seulement la chambre s'élancer vers moi, ébranlée par mes mouvements. Comme le négatif de mon élan. Debout sur le tapis, je jette un regard sur le lit où j'étais couché tout à l'heure. Un corps y est étendu, nu sur le drap blanc, éclairé par la lumière jaunâtre de l'applique. Le corps brun d'une femme, ses seins blancs ornés de mamelons aux couleurs foncées ; de longs cheveux blonds, défaits, s'étalant sur l'oreiller. Elle est attentive, mais semble ne pas me voir ; traversant mon crâne, son regard est braqué sur ce qu'elle voit derrière moi... qu'est-ce ? Je jette un regard en arrière.

Elle voit la porte vitrée, fermée.

Je jette un regard en arrière.

Devant la porte ouverte du balcon, un tapis. Son regard semble m'encourager à faire quelque chose en rapport avec les portes. J'ignore pourquoi je suis là, debout, pourquoi ? J'étais couché là-bas, un élan m'a porté jusqu'ici, mais je suis tout aussi incertain ici que je l'étais dans ce lit, couché. De l'eau ; oui, de l'eau. Les meubles s'élancent, les lumières aussi ; issu des meubles et des lumières, un tunnel noir passe à côté de moi, insaisissable : je plane. Oui, je me sens planer à quelques centimètres au-dessus du sol. Déclic. Dans la lumière tamisée, je vois une main sur l'interrupteur, ma main, je vois un lavabo : la cuvette brille, le robinet goutte. Je vois un verre s'approcher du robinet. Une main, ma main, tient le verre et le robinet goutte. C'est la salle de bains. Mais si c'est la salle de bains, comment y suis-je parvenu ? Et si ce verre est dans ma main, quand et où l'ai-je pris ? S'il est vrai que je suis dans la salle de

45

bains, si ce n'est pas seulement le fruit de mon imagination, si ce n'est pas que je l'imagine parce que j'ai soif, que je l'imagine comme je le fais quand je rêve, quand je rêve d'avoir soif, si donc l'imagination n'est pour rien dans cette réalité, alors, sans doute existe-t-il des temps incontrôlables. Des temps qui se situent en dehors de ma conscience. Mais si j'ouvre ce robinet et si je remplis ce verre, alors je deviendrai conscient du temps, parce que c'est moi, avec mes propres mouvements, qui le remplirai. Je ne dois plus laisser le temps filer sans moi, et ainsi je sentirai que j'existe. Ma main s'approche du robinet, je ne la sens pas, mais je la vois, je vois ma main tourner le robinet et l'eau couler. Je ne l'entends pas, alors que je sais que je devrais l'entendre couler, mais je la vois. Et si je suis ici debout devant le lavabo, dans cette salle de bains, alors la glace est là, au-dessus du lavabo et, dans la glace, je peux me regarder, me contrôler. Un visage dans la glace. Pâle, hirsute. Rides, cernes noirs. Sans aucun doute, mon visage à moi, tant il m'est familier ; pourtant, le doute persiste, je ne suis pas tout à fait sûr que ce soit mon visage à moi, parce que, j'ai beau les chercher, je ne vois pas mes yeux ; rides et pattes d'oie sont là, dans ce visage dont les contours changent, mais je ne trouve pas les yeux qui, eux-mêmes, se cherchent ; peut-être ne devrais-je pas les chercher trop longtemps, car, à force de chercher, je risque de sombrer ; mais non, car c'est bien moi qui agis, là, qui suis dans la salle de bains, est-ce pour boire de l'eau ? Je vois le visage se dérober, fuir la glace. Le verre n'est même pas à moitié plein, mes pensées vont-elles donc si vite ? Maintenant, l'eau coule du robinet dans le verre plein, elle déborde avec de bruyants glouglous et retombe sur ma main. Je vois l'eau couler sur ma main, mais ne la sens pas. Il faut la rejoindre. Elle est couchée sur le lit. Boire. Je porte le verre à ma bouche, je sens son contact sur mes lèvres, j'entends des bruits de déglutition, j'entends la voie qu'emprunte l'eau, mais je ne perçois ni son goût, ni sa consistance. Comme si j'étais malade. Elle se penche sur moi et me fait boire comme si j'étais malade. Je m'entends déglutir, mais ce que je bois ne me semble pas être une matière, je sais seulement que je suis en train de boire de l'eau. Par-dessus le verre, je vois la chambre où je me trouve. J'ai assez bu. Exit la main et le verre. Je sens que, sous ma nuque, sa main se retire. Ma tête tombe sur l'oreiller. Bruit du verre qu'elle pose. Un bruit qui me semble réel dans un silence réel. Je suis couché ici. Là-bas, c'est la porte ouverte du balcon, la bibliothèque avec les livres, le mur blanc. La porte du hall. Le verre sur la table de nuit. Si le bruit que j'ai entendu était celui du verre posé sur la table de nuit, alors je ne suis pas allé dans la salle de bains, je ne me suis pas vu dans la glace. « As-tu soif, chéri ? » Ma langue semble enflée, difficile à déplacer dans ma bouche, elle tâte l'arête des dents. « As-tu soif, chéri ? — Oui. J'ai soif. — Veux-tu que je t'apporte de l'eau ? — Oui. » Donc, elle est sûrement allée chercher de l'eau. La porte du hall est ouverte. Il y fait sombre. Elle apparaît dans l'obscurité, un verre à la main, pousse la porte avec le pied, vient vers moi, son corps brun et nu grandit, elle vient vers moi avec ce verre, dans le verre, l'eau scintille et sur ses seins blancs, une tache brune. Elle s'assied sur le rebord du lit, glisse sa main sous ma nuque, je sens que ma nuque, jusqu'alors posée sur l'oreiller, ne l'est plus, elle soulève ma tête et me fait boire comme si j'étais malade ; ses seins sont tout près ; comme si j'étais malade, j'avale l'eau à petites gorgées, mais je ne sens pas le goût de l'eau, elle n'étanche pas ma soif ; ses seins, il me semble que je désire ses seins ; l'eau rafraîchit seulement ma langue enflée, je n'en veux pas, je ne l'avale plus. La main, le verre disparaissent, j'entends le bruit du verre, sans doute sur la table de nuit. Mais si ce bruit est réel, et si c'est bien la chambre que je vois et elle qui m'a apporté l'eau, alors je ne suis pas allé dans la salle de bains, j'ai seulement ima- giné y être allé, avoir vu mon visage dans la glace.

    « Eva !

        — Oui chéri !

                — Eva !

                        — Oui chéri !

    — Eva ! Je veux savoir ! Je voudrais savoir. Suis-je allé dans la salle de bains ? Tout à l'heure ? »

        Il me semble qu'elle attendait cette question.

        « Oui. Tu es allé dans la salle de bains. Tu y es allé pour voir si tu étais capable de faire quelque chose. Tu es bien allé dans la salle de bains. »

        Bien, si elle est là et si je suis allé dans la salle de bains, si elle se penche sur moi, alors, je peux trouver sa main quelque part.

« Eva !

— Oui, chéri !

— Je voudrais savoir si c'est toi qui m'as apporté de l'eau.

— Oui. C'est moi qui t'ai apporté de l'eau. »

Dans ce cas, je ne suis pas allé dans la salle de bains. J'ai seulement imaginé être allé dans la salle de bains, j'ai seulement imaginé avoir posé ma question à ce sujet, j'ai seulement imaginé qu'elle avait répondu « oui, tu es allé dans la salle de bains ». Alors, tout va bien, je n'ai fait qu'imaginer tout cela. Je voudrais trouver sa main. Ridicule. Comme si j'étais malade, comme si, autrefois, au cours d'une de mes maladies, j'avais déjà cherché une main comme la sienne, une main qui couvre la mienne, et qui n'est pas une main, mais une masse vivante et pesante, qui s'enfle, grandit, pénètre en moi, devient intégralement mienne, alors que, la tenant, je sais qu'elle est sienne, je me sens couché, en apesanteur, dans une paume qui se referme chaleureusement sur moi, sans pouvoir distinguer entre elle et moi ; comme si elle était couchée en moi et moi en elle, dans cette chair vivante et respirante. On est bien dans ces deux corps confondus. Je crois qu'une fois de plus mes sens se sont séparés de ma conscience. Heureusement, ma conscience fonctionne avec précision. Je sais que je suis ici, dans ce lit, mais je ne sais pas ce qu'il me faudrait savoir pour que ma conscience puisse démentir mes sens ; et si ma conscience ne sait pas ce qu'elle devrait savoir, c'est qu'elle n'est pas si précise que ça ; il se peut que ce soit précisément elle, la conscience, qui, en se séparant de mes sens, finisse par me tromper ; et si je ne sais pas si je ressens réellement ce que je ressens ou si j'imagine seulement que je le ressens, alors, je ne peux pas savoir si elle est réellement ici, à mes côtés, ou si je l'imagine seulement. Elle est ici. Je tiens sa main, seulement, pour mes sens, cette main est devenue énorme. Mais même si elle est ici et même si je lui tiens la main, il se peut que ses sensations à elle diffèrent radicalement des miennes et que ce qu'elle perçoit de moi soit tout aussi vague et incontrôlable que ce que je perçois d'elle. Il ne faut pas que je raisonne. Ma pensée, détachée de mes sens, m'empêche de ressentir. Je ferais mieux de l'attirer davantage contre moi, afin qu'elle ressente ce que je ressens et que je ressente ce qu'elle ressent. Ce serait le moment de faire l'amour ! mais pour cela il faudrait que je sois maître de mon corps. Quoiqu'en l'attirant davantage contre moi, en lui faisant l'amour, je saurais encore moins si je suis et si elle est. Plus elle est près de moi, plus je la perds, de même que je la perds au fur et à mesure qu'elle s'éloigne, car je suis toujours Moi, toujours Moi, et ce Moi m'empêche de sentir à la fois ce que je suis et ce qu'elle est réellement. Je ne peux rien sentir, car je pense, une fois de plus, je suis en train de penser. Je ne sens rien, pourtant je sais que tout est, mais je ne sens rien, et, de ce fait, il se peut que rien ne soit, ce qui expliquerait que je ne puisse rien savoir. Rien. J'ai déjà trouvé, j'ai toujours trouvé un point fixe à quoi me crampon-

ner. Il faut trouver un point fixe. Il n'y en a pas.
Il n'y a rien à quoi je puisse m'accrocher. Tout
point fixe est, d'un autre point de vue, un point
instable.

   « As-tu soif, chéri ? »
                                    J'entends sa voix.
C'est à croire que j'ai recommencé à me passer la
langue sur les lèvres, ma bouche est toute sèche ;
mais elle m'a déjà posé cette question, quand ? Il
faut être attentif au temps !

                        Au moins, je vois la
porte ouverte du balcon. Il faudrait se lever et
sortir sur le balcon pour voir autre chose que
cette porte ouverte. Il me semble que je me lève,
que je marche, mais la porte du balcon ne se rapproche pas pour autant. Pourtant, depuis le
temps, depuis que je marche, j'aurais dû l'atteindre, elle n'est qu'à quelques pas de distance.
Je ne trouve pas mes pas, pourtant j'avance, mais
je ne vois pas mes jambes. Le temps n'existe pas.
Les objets n'existent pas, les choses que je vois ne
sont pas réelles ! Elles sont imaginaires ! Mais, au
moins, est-ce là une certitude. Au moins, ma
logique fonctionne-t-elle et est-elle saine : à
chaque oui, elle répond non et à chaque non elle
répond oui ; ça, c'est du réel. Seulement, je n'ai
pas eu assez de force pour admettre cette réalité,
pour admettre que je me suis scindé en deux par-
ties logiques qui se recouvrent exactement, que
ce que je sais et que je sens est identique à ce
que je ne sais pas et que je ne sens pas ; que derrière le savoir il y a le non-savoir, et derrière le
non-savoir le savoir, et ainsi de suite, jusqu'à l'infini. Que derrière le quelque chose il y a le rien

et derrière le rien le quelque chose. Pourtant ! Je devrais sentir, je devrais savoir si cette porte de balcon est réellement inexistante ou réellement existante. Il faut que je saute du lit !

Le lit s'affaisse, mais je suis déjà sur le tapis, le tapis glisse sous mes pieds. Je me heurte à la balustrade, je perds l'équilibre, voilà le point que je cherchais ! passer par-dessus, vers le bas !

Un choc. Me serais-je déjà écrasé au sol ? Ses bras s'agitent dans la lueur de la lampe, elle tâtonne avec ses antennes, elle saute à son tour, agite ses mains, essaie de m'attirer contre elle, mais je retrouve l'équilibre, la chambre, autour de moi, est muette, je suis au milieu de la chambre, son visage s'approche, car elle saute, elle saute pour me rattraper, son visage reflète la terreur et je sens que je la fuis, mais elle me rattrape et m'attire contre elle, nos deux corps se heurtent, deux chairs différentes se heurtent avec un bruit sec. Arrête-toi ! Pourquoi m'arrêter ?

Silence.

Je la repousse. Elle tombe sur la table, de dos ; sa chute fait glisser la table, elle sort du tableau, disparaît

le tapis devant la porte ouverte du balcon. Il est vide. Il attend. Je sais que j'ai glissé sur le tapis, mais le tapis m'attend, vide, devant la porte du balcon, si je saute sur le tapis, deux pas seulement me séparent de la balustrade, je peux me jeter par-dessus,

la table a cessé de glisser, elle se cramponne

à la table, vient vers moi
a quitté le lit ;
vient vers
moi, tranquillement, à grandes enjambées, sourit
venant de deux directions différentes, les deux
corps se rencontrent sur le tapis et, soudain, se
confondent, désormais, elle vient toute seule ;
vient en souriant, mais
je suis au milieu de la
chambre. Dans ses bras. Nous sommes debout au
milieu de la chambre, et ce que, tout à l'heure, je
croyais voir n'était, me semble-t-il, qu'une image
entrevue pendant que nous étions debout au
milieu de la chambre, mais depuis quand ? Je
sens sa peau, ma poitrine sent la sienne. Je sens
que je suis là, que je pose ma tête sur son épaule
et je vois la porte ouverte du balcon, que, tout à
l'heure, j'ai vu exactement pareille, mais sous un
tout autre angle ; tout comme le tapis et le lit, et
j'ai l'impression que je viens seulement de sauter
du lit pour atterrir ici, au milieu de la chambre
où je me tiens debout, dans ses bras, ce n'est pas
ici que je voulais arriver, alors, pourquoi suis-je
ici ? Et ce n'est pas sur son épaule que j'ai posé
ma tête, puisque je vois son visage ; elle sourit,
elle a un joli sourire rassurant, comme si de rien
n'était.

« Eva !

— Oui, chéri. Je suis là. Me vois-tu ?
Me sens-tu ?

— En ce moment, oui, mais j'ai peur,
car je ne te sens que pour quelques instants,
après, je te perds. Je ne veux pas, je ne veux pas

te perdre ! »

c'est ridicule, émouvant et ridicule, je m'émeus de moi-même, je viens d'entendre ma voix, c'était ma voix, mais elle ne peut être réelle, si elle est si ridiculement émue, je suis ridicule de tenir tellement à sa présence, ridicule de me sentir livré pieds et poings liés ; mais elle me serre contre elle, et, malgré tout, je la sens ; elle me serre très fort, moi aussi, je la serre, et plus je la serre, plus elle me serre, plus je la serre, plus l'étreinte faiblit, plus je la serre, plus faible me paraît l'étreinte.

« Chéri. Me sens-tu à présent ? »

je n'entends que sa voix, je ne la vois plus, je ne sens pas son corps, pourtant, je sais que nous sommes ici, debout, enlacés, au milieu de la chambre, je le sais, à moins que je ne l'imagine

« Je veux te sentir ! Je veux te sentir ! Il nous est arrivé quelque chose d'étrange. De nouveau, je me sens m'éloigner. Et je sens, je sais que ça s'approche de nouveau. Et je sais que je ne devrais pas dire cela, mais si j'essaie de tout dire, très vite, alors peut-être ! Entends-tu ce que je dis ! Serre-moi ! Oh ! je ne te sens plus ! Serre-moi au moins jusqu'à ce que je réussisse à dire que, si tout à l'heure j'ai sauté jusqu'ici, c'était pour éviter de sauter par la fenêtre. La porte du balcon est ouverte et, sans le vouloir, sans même y penser, si je n'avais pas sauté jusqu'ici, j'aurais sauté par la fenêtre !

— Non. Tu ne sauteras pas par la fenêtre, chéri. Tu m'entends ? Tu ne pourras pas sauter par la fenêtre, parce que je ne te le permettrai pas. Comprends-tu ? Entends-tu ce que je dis ?

— Oui. Je sais maintenant que je ne sauterai pas par la fenêtre, mais comprends-moi, je sens, je sens de nouveau s'approcher comme une longue ligne que je dois franchir. Je ne veux pas, mais une volonté contraire travaille en moi et veut me faire sauter par la fenêtre. Je sais, je sens que je suis ici, avec toi ; peut-être que ça passera, mais jusqu'à présent je ne savais pas exactement ce qui se passait, je ne savais pas si ce qui se passait se passait réellement, comprends-tu ?

— Il ne s'est rien passé.

— Rien ?

— Non. Rien ne s'est passé. Tu étais couché sur le lit, bien sagement, ensuite, tu as sauté comme un cabri et tu as atterri là où tu es maintenant ! Il ne s'est passé rien d'autre.

— Rien d'autre ?

— Non. Rien d'autre.

— Eva !

— Oui, chéri.

— Et la salle de bains ? Suis-je allé dans la salle de bains ? Chercher de l'eau ?

— Non. Il ne s'est rien passé. Tu n'es pas allé dans la salle de bains. Tu es resté au lit, bien sagement, et ensuite, tu as sauté jusqu'ici, comme un cabri. Il ne s'est rien passé d'autre !

— Eva !

— Oui, chéri.

— Et l'eau ? M'as-tu apporté de l'eau ?

— Non. Je ne t'ai pas apporté d'eau. »

Non. Alors, ça va. Si je ne suis pas allé dans la salle de bains, si elle ne m'a pas apporté d'eau, alors il ne s'est rien passé, je suis resté au lit, tout s'est passé dans ma tête, mais, maintenant, c'est fini. Mais ne suis-je pas en train d'imaginer des choses ? Si c'est fini, si je suis dans le réel, si jusqu'ici j'étais dans l'imaginaire, alors pourquoi je ne la vois pas, pourquoi je ne la sens pas ? Je suis, de nouveau, debout, dans un noir néant. Ou l'ai-je seulement perdue pour un instant ? Il suffit que j'ouvre les yeux, car, certainement, pendant que je pensais, à nouveau je pensais, pendant que je pensais,

la vision s'ouvre : nous nous tenons enlacés au milieu de la chambre. La chambre est, de nouveau, la chambre. Sa tête sur mon épaule, mais que je ne sens pas. Le lit où nous étions couchés. La porte du balcon ouverte, et, devant la porte, le tapis. Les lumières du soir. C'est que dehors, il fait sombre. C'est la nuit. Et c'est pourquoi ici, au-dessus du lit, la lumière est allumée. Mais alors, cette lumière et cette obscurité sont-elles celles du soir où nous sommes allés nous coucher sur le lit ? Oui. Je me souviens : cela a commencé par un bourdonnement, nous avons plané lourdement, et me voici de retour ici, de nouveau en contact avec le visible. Seulement, entre-temps, il s'est écoulé un certain temps, mais seulement en moi-même, dans la réalité cela n'a pas pu être un temps bien long, puisque tout est pareil : le soir, les lumières, et qu'il ne s'est rien passé, bien que j'aie cru qu'il s'était passé quelque chose. Ah ! j'en ai cru des choses ! Dans cette immobilité, dans ce non-événement ! du rire à la mort. Je devrais rire, d'un rire contenu jusqu'à la crampe, jusqu'à l'as-phyxie, comme la dernière fois, mais à présent il me semble que je devrais rire, mais je ne veux pas rire, il me semble que je devrais rire du fait que ce qui s'est passé n'était qu'une apparence, une apparence poignante ! tragédie ! mort ! alors qu'en réalité il ne s'est rien passé ! Comme ces grands concepts, dont nous ne voyons que l'ombre, sont vides, ils sont vides et ridicules ! pendant que je marchais vers ma propre mort, il n'y avait ici qu'une chambre immobile, et ce lit où j'étais couché, tout aussi immobile. Et s'il en est ainsi, si je le sens ainsi, parce que, avec mes bras, je peux serrer son corps contre moi, parce que ma peau sent sa peau, parce que mon ventre, si je suis attentif, sent la rondeur de son ventre, parce que ma poitrine sent sa poitrine, et que, sa tête reposant sur mon épaule, je sens l'odeur familière de ses cheveux ! si je peux sentir tout cela, alors cette réalité que mon imagination vou-lait atteindre à tout prix, atteindre de haute lutte, cette réalité est là, entre mes mains. Elle est là, je l'ai récupérée, j'ai regagné ce que je n'avais jamais perdu. Je devrais rire de moi-même, de ce moi qui s'est trompé, trompant lui-même avec lui-même. Mais je m'efforce de calmer ce rire intérieur qui, petit à petit, envahit tout, il faut l'empêcher d'exploser, il ne faut pas rire, sous peine de voir tout recommencer, tout se répéter, mais pourquoi craindrais-je la répétition, alors que je sais que ce qui était n'était pas, que j'ai seulement cru que cela était ! Ma peur me rend encore plus ridicule ; il est ridicule de craindre quelque chose qui n'est pas ; en réalité, je pourrais rire tranquillement ! Si je n'ose pas m'abandonner au rire, c'est donc que je prends toujours l'imaginaire pour du réel, que je continue à craindre ce qui n'est pas ! Mais qui, pourtant, a été ! Et cependant, à présent, je sais exactement ce qui s'est passé : j'entends de nouveau le hurlement, je sens de nouveau sur mon genou l'obstacle du pubis. Mais nous n'avons pas fait l'amour, je l'ai seulement imaginé, mon genou l'a imaginé ! Je sais tout, avec précision, mais j'aimerais voir son visage, pour que se précise encore ce que je sais : ma main remonte son bras, je fais glisser ma main, ma main soulève sa tête qui quitte mon épaule, afin que je puisse la voir. Je vois le visage. Sur la courbe de son front, haut et pur, la lumière de la lampe. Dans ses yeux bleus, la lumière de la lampe. Ses lèvres légèrement gercées que balaie sa langue. Sa tête penchée de côté, elle sourit comme quelqu'un qui vient de se réveiller. C'est cela, son sourire. D'une beauté excessive. Qui vient de l'infini, qui se prolonge jusqu'à l'infini. Il faut que je repousse ce corps qui se love contre mon corps, il ne faut pas que je voie ce sourire de si près, il faut que j'instaure de la distance ; c'est là un sourire réel, pas celui qui m'avait entraîné dans le temps de l'imagination.

Oui, je sais que c'est un sourire réel, oui, mais il est le même que celui qui m'avait entraîné dans le rire, dans le cycle infini des répétitions. J'ai peur. Impossible de croire à son sourire, il me rend incertain. Je la vois. Je vois son cou, ses épaules, et tout ce qui, de cette chambre, peut entrer dans mon champ de vision ; mais je crains que, au milieu de ce spectacle, ce sourire ne soit plus un sourire réel, même si son authenticité semble vérifiée par certaines dimensions réelles en apparence ! un sourire dans l'espace de mon imagination. Je voudrais croire ce que je vois ! Mais est-ce que je vois réellement ce que je vois ou est-ce que je ne fais qu'imaginer que je vois ? Il me faudrait quelque chose ! Quelque chose me manque, terriblement !

« Eva !

— Oui, chéri ! »

une voix étrangère et familière répond à ma propre voix dans le silence de ce que je vois : il me semble que c'est la première fois que j'entends résonner une voix, il me semble que, pour la première fois, je me rends compte que dans le monde réel, monde que j'ai cherché jusqu'à présent et dont je n'ai senti que les différents degrés, mais jamais la plénitude, que dans ce monde, la voix appartient à l'image, donc qu'il n'y a pas seulement l'image, qu'il n'y a pas seulement du visible et du tangible, ni l'idée que l'on s'en fait, mais aussi la voix ! cela donne de la voix, il faut peut-être voir là le degré suprême du sentiment de la réalité ! une voix dont je connaissais l'existence, une voix que j'avais perdue et que j'ai récupérée.

« Eva !

Et

ça ? C'est arrivé, ça ? Je voudrais dire. Je voudrais entendre ta voix ! Tout à l'heure, quand nous étions couchés là-bas, as-tu enfermé mon genou dans tes cuisses ? »

le corps de la voix elle-même ; la voix en tant que corps devenu audible ; oui, ce n'est pas du sourire se prolongeant dans l'espace de l'imagination et pourtant, elle n'a pas l'air d'entendre, elle sourit

pourquoi ne répond-elle pas ? son sourire flotte et s'avance vers moi, comme s'il n'appartenait même pas au visage dont il s'est détaché

« Comme si mon genou ! Tu l'as senti ? Comme si je t'avais étreinte avec les secousses de mon genou ! Tu l'as senti ? Comme si mon genou t'avait étreinte ! Tu l'as senti ? »

sur

ses lèvres fines qu'elle entrouvre langoureuse-ment une voix émane de son sourire

« Non. Je ne l'ai pas senti. Non.

— Comme si nous avions fait l'amour. Tu ne l'as pas senti ?

— Non. Je ne l'ai pas senti. Ça aussi, tu l'as certainement ima-giné ! »

Il n'y a pas que son sourire pour flotter et glisser, mais aussi son visage, qui semble m'appe-ler de très loin, et qui, en s'éloignant, bien que son corps soit encore ici ! répète

« Non. Je ne l'ai pas senti, chéri. Encore une chose que tu as dû imaginer. »

Imaginer quoi ? J'ai dû l'imaginer. Ça aussi. Quoi ? pourquoi dit-elle que j'ai imaginé cette chose ? Comment peut-elle savoir ce que j'imagine ? Elle ne peut pas le savoir, car ce que j'imagine est à l'intérieur, tandis qu'elle, en admettant qu'elle existe, elle se trouve à l'extérieur. Tout à l'heure, elle était encore là, où ? Mes propres pensées répondent à mes propres pensées. Elle, je ne l'imagine qu'à la place d'un de mes moi. S'il en était autrement, elle devrait être là, devant moi, mais elle n'est pas ici, il n'y a rien ici, il n'y a que le néant, ce néant qui se répète, où j'ai l'espoir de saisir quelque chose, mais où ce quelque chose, si je le saisis, se révèle être rien et non pas, comme je l'avais cru, quelque chose. Et si ici il n'y a que ce rien, je n'arrive plus à décider où je suis. Peut-être suis-je couché dans le lit, ou, au contraire, là-bas, debout, ou encore effectivement couché dans le lit, à moins que j'aie sauté par la fenêtre, ce qui expliquerait que je ne sente pas le sol sous mes pieds, que je ne sente rien, dans cette obscurité. Non, ce n'est pas possible. Je pense. Si je pense, je peux délimiter l'endroit où je me trouve. À condition de pousser ma réflexion jusqu'au bout. Essayons de réfléchir logiquement. Ah ! mais c'est que tu n'y arrives pas, aussi ridicule que ce soit, tu n'arrives pas à penser logiquement, il te manque les éléments à connecter. Je suis ridicule de vouloir me définir à l'aide de quelque chose qui, précisément,

61

rend cela impossible. Ce ne serait faisable que s'il existait un point, un seul point pouvant être considéré comme réel et à partir duquel je pourrais jeter un regard rétrospectif, définir le temps et l'espace, si je savais où je suis, ce qui se passe ou ce qui ne se passe pas, l'ordre chronologique de tout ça, si je pouvais être sûr de quelque chose, de n'importe quoi, si je pouvais m'attacher à cette certitude, à cette seule, à cette inaccessible certitude, si j'y rattachais tout ce que j'ai imaginé ou vécu jusqu'ici ; alors, prenant appui sur ce point, je pourrais briser ce cercle et en sortir. Ce cercle, qui, sans doute, n'existe pas. Et dans lequel je suis pourtant enfermé. Où je m'efforce de m'atteindre moi-même, mais où je ne trouve que moi-même. Ce pourquoi je ne fais que me glisser entre les mains. Mais ce cercle a une entrée ! Et s'il a une entrée, il doit avoir aussi une sortie ! La sortie conduit également à la réalité, que je ne trouve pas. Et si on inversait le raisonnement ? Si l'on disait : la réalité n'est pas ce que je croyais qu'elle était, la réalité, c'est ça. Cela revient au même. Si la réalité, c'est ça, alors pourquoi la chercher avec une telle obstination ? Avec l'obstination, c'est la volonté qui travaille. La volonté, c'est la force qui se trompe elle-même. Mais c'est en vain que je réfléchis à tout cela, c'est en vain que je veux nommer ceci réalité, puisque je cherche cela. La réflexion n'est pas responsable de l'illusion, car elle ne peut que reproduire les choses, elle vient toujours après. Il semble que je sois mû par une force supérieure qui m'empêche d'agir selon ou contre ma volonté ! Et ce n'est qu'une fois mû par cette force que je peux penser quelque chose à son sujet. Non. Je m'égare. Il ne faut pas réfléchir. Il faut retrouver l'entrée. Que l'on peut appeler réalité. Oui. Là-bas. Nous nous sommes assis à la table, c'est là que nous avons fumé la première, et alors

    alors

        alors est une détermination temporelle, quand ?, là-bas est une détermination spatiale, où ? Chaque mot entraîne une question. Ce n'est pas possible, ainsi ! Si chaque mot soulève une question, je ne pourrai jamais arriver au bout ! La table. À table. Mais où est la table ? C'est en vain que je m'efforce d'arriver au point de départ, si je ne peux pas voir ni sentir la table, si je peux seulement y penser. Je sais qu'il y avait une table de cette forme. Réfléchissons à la table. Elle est antique. La table. Une table rectangulaire. Une table antique rectangulaire. La table ! Mais je ne peux pas la voir, je peux seulement associer d'autres concepts au concept de table, des concepts dont je sais qu'ils se rattachent à la table que je ne peux pas voir car je ne sais pas où je suis : si je pouvais savoir où je suis, je pourrais trouver la direction dans laquelle il faudrait que je regarde, je pourrais attendre le moment où je pourrais

    voir

        or c'est précisément ce point-là que j'ai perdu, le point à partir duquel il est possible de fixer toutes les directions ; j'ai perdu l'entrée que l'on peut encore appeler réalité, et c'est pourquoi je ne trouve pas la sortie. C'est logique. Mais jusqu'à quel point ? Ma logique me permet de revenir à l'entrée, mais elle ne remplace pas mes sens, elle ne me permet pas de voir ; je suis régi par une force plus essentielle, plus puissante que la pensée, une force à propos de laquelle aucune pensée n'est concevable, une force qui n'est accessible qu'à mes sens. Voilà tout ce qui me reste. Ce noir, ce silence noir où ma logique suit le même circuit fermé et sans lumière, se justifiant en revenant toujours sur elle-même. Toujours revenir au même point insaisissable, voilà le seul point d'ancrage de ma logique. Et c'est là son défaut. Ce n'est pas cela qu'elle devrait m'indiquer, mais le point où je suis et quand j'y suis, et non le point où j'étais et quand j'y étais. Il ne faut pas chercher à comparer. Ce n'est pas en suivant le cercle de ma logique d'autrefois que je serai à même de définir le présent. Comme mon cerveau est lucide ! Il mesure et apprécie sa propre souffrance ! Mais jusqu'à quand ? À présent, il fonctionne. Prenons-le comme point de départ ! Partons de ce qui est. Il existe donc quelque chose qui fonctionne, et ce quelque chose, c'est moi, mais seulement une parcelle de moi-même. Donc, quelque chose. Donc, j'existe sous une certaine forme. Mais ce n'est là rien d'autre que la justification précaire du fonctionnement. Ma logique justifie logiquement sa propre logique qui, sans le concours des sens, n'est qu'illogisme. Cela, je le sais déjà, c'est de la répétition. Comment continuer ? Une force inconnue me pousse à réfléchir sur elle. Prenons-la comme point de départ. Ne pas réfléchir sur elle, sous prétexte que je ne la connais pas, serait se restreindre inutilement. Que ce soit notre point de départ. Que je réfléchisse. Si donc ma réflexion peut se justifier ainsi,

sans le concours de la conscience de mon existence et sans qu'elle ait besoin du monde extérieur pour se justifier, alors, il est possible, si je
suis conséquent dans ma réflexion, que je ne sois
plus ce que j'étais, que je ne sois plus qu'une partie de mon tout d'autrefois, et que seule ma
logique, poussée par une force inconnue, me
condamne à justifier mon existence. Condamner :
voilà un concept beaucoup trop mystique, mais
je suis obligé d'y recourir, car je ne connais pas
cette force. Si donc je n'existe plus qu'en tant que
partie du tout que j'étais autrefois, la partie appa-
raissant à présent comme le tout, cela signifie
qu'à la fois je suis et je ne suis pas, que je flotte
entre deux miennes qualités. Où ? Dans le néant
de ma propre histoire, entre être et non-être.
Conceptuellement parlant. En langage imagé :
silence noir de la logique avec, pour tout bruit,
des pensées sans lumière. Donc, la mort. Pas
encore. Mais déjà. Mais où, comment ? Comment
vérifier que c'est bien ça ? Quand et comment
l'ai-je approchée de si près ? Je n'ai pas sauté par-
dessus la balustrade, au contraire, la force m'en a
empêché. Tout ce que je sais, c'est que je suis
entre deux qualités. Mais je ne sais pas ce qu'elles
sont, ces qualités. Je ne peux pas savoir ce que la
force qui me meut a fait de mon être physique.
En effet, de nouveau — depuis combien de
temps ? — je ne sens rien, je ne vois rien, je ne
suis qu'une cavalcade de pensées. Mon être physique, dans la mesure où il existe encore, est
retourné dans l'imperceptible. Dans un champ de
force qui précède non seulement mes pensées,
mais aussi ces sensations auxquelles je m'efforce

de réfléchir. Réfléchir, sans voir des images. Différence. Ce ne sont pas des images qui se déroulent en moi : l'existence physique n'est que la surface de l'existence : le monde extérieur ne se présente même plus sous forme d'images. La pensée est une image dénudée. La seule chose que je sente extérieure à moi, ce sont ces images dénudées ; elles constituent ce monde extérieur et pourtant identique à moi qu'est ma logique. Un résidu avant le non-être. Combat d'arrière-garde et autojustification de l'être physique. Je suis le non, mais j'éprouve l'angoisse du devrais-être. La mort. Ou la sensation de la mort. Impossible de trancher. Pour trancher, pour savoir s'il s'agit du pressentiment de la mort, de la sensation de la mort ou de la mort elle-même, je devrais voir ou sentir l'état physique que — depuis combien de temps ? — je ne sens plus ; je devrais percevoir le monde extérieur et pouvoir m'y sentir. Cette suite de réflexions constitue un point final, le retour à la case départ, une répétition, une autojustification, me voici dans un système logique, donc, au même point. Ça se répète, comme se répètent les images. Je n'ai plus rien à faire. Me laisser aller. Je m'abandonne parce que j'ai lutté en vain. Ça a cessé d'être, c'est devenu du passé. Révélant sa propre vacuité. Si donc je perds le contact avec le monde extérieur, si les images cessent, alors il ne reste comme terrain de l'être que l'arrière-garde du penser. Mais mon penser est autoréférentiel, il ne sait pas, il ne se souvient pas, il ne sent pas, il ne se rattache pas à ce qu'il est censé expliquer et qu'on peut appeler monde extérieur ; il sait seulement que le mot monde extérieur existe, et que dans le monde dont il s'est détaché, ce mot signifiait quelque chose ; livrée à elle-même, la volonté de penser ne trouve pas d'objet à quoi s'appliquer : elle plane tout en ruminant des restes de généralités logiques. Qui, elles, sont encore réelles ! Encore ! Laissons cela ! Le masque est tombé. Squelette mécanique. La dernière station. Mais si cette dernière station était réelle, si, au moins, je réussissais à me souvenir, à me forcer à me souvenir, alors c'est à cette dernière station que je trouverais le point que je cherche ! alors, je serais peut-être à même de repenser en sens inverse et de revenir. Où ? Chaque affirmation soulève une question. Où ? Il faut s'en souvenir ! Je ne peux pas. De quoi ? Il faut se souvenir de ce que signifient les mots. Du monde extérieur, rien que du monde extérieur ! C'est quoi ? Le monde extérieur. Quelque chose qui est en dehors de moi, quelque chose qui est en dehors de ça, pas ici. Quelque chose d'autre. Dehors. En dehors de moi, dans le passé. En dehors. Quoi ? Quelque chose. Quelles choses ? Des objets. Par exemple, des objets. Mais ce n'est qu'un mot ! Autrement. Quelque chose ! Il faut ! Je suis homme. Des gens. D'autres gens. Qui ? Moi. Moi et qui encore ? Des objets. Les objets les plus simples ! Quelque chose ! Des mots. Mais qu'est-ce ? Ces mots qui signifient quelque chose dont je suis incapable de me souvenir. Incapable. Oui ! Exactement ! Je suis incapable, incapable de me souvenir parce que les images ont cessé ! si les images se présentaient avec les mots, je pourrais me souvenir, je n'en serais pas incapable. Pourtant, elles sont là, en moi. Qui ? Où ? Il faut bien que je me souvienne de quelqu'un, de quelques-uns ! Quelqu'un qui ! Non, je ne vois pas, je ne vois personne, je ne me souviens de personne. Il faut que je voie. Ils ne sont pas en moi, donc en moi il n'y a rien ni personne, je suis complètement vide, car il n'y a que moi en moi-même et alors je suis redevenu

moi

mais moi je n'existe pas non plus, ce que je pense n'est qu'un résidu de mot, c'est le néant hypertrophié qui se nomme avec ce mot ; c'est le moi hypertrophié qui tâtonne à la recherche de choses susceptibles de le justifier. Alors je sais tout. C'est fini. Enfin. Ce n'est pas vrai ! Pour un savoir, c'est trop ou trop peu. C'est se tromper soi-même. Le masque est tombé. Ma logique est vaine. Comment pourrait-elle être vraie si elle n'est pas authentique ? Je suis entré dans un système et je ne connais que ce qui se passe à l'intérieur de ce système, ce qui est peut-être vrai, mais comment savoir si c'est authentique ? Les vérités de l'imagination. Ça, je m'en souviens. Ici, dans cet espace, je sais tout. Nous avons fumé. Peut-être la dose a-t-elle été trop forte. Je sais même que la dose a peut-être été trop forte. La cause. Quand nous fumions, nous étions encore dans la vérité. Ça a commencé lorsque. L'entrée du cercle est la sexualité. Ma sexualité qu'elle ne sent pas, qui ne lui parvient pas. C'est là que ça a commencé. Soit qu'elle mente en disant qu'elle ne lui parvient pas, parce qu'elle veut m'entraîner encore plus loin dans le cercle, définitivement, ne voulant pas que je trouve la sortie, voulant me retenir ici, pour elle, pour m'engloutir définitivement, soit qu'elle ne la sente pas. Elle ne peut pas la sentir, car ça a bougé uniquement en moi, sans signes extérieurs. Mais si ça a bougé uniquement en moi, si les images, ces figures des mouvements intérieurs, ne sont pas réelles, alors l'autojustification de ma pensée est également fausse, elle est fausse et si elle se justifie avec une telle force, c'est pour me retenir ici, pour m'empêcher de briser le cercle. Et si, en même temps que les images, ma logique est également fausse, alors je suis incapable de savoir où je suis, incapable de savoir ce que je pense de tout cela. Tu as saisi le néant. Fais-en quelque chose. Mais on ne peut rien faire du néant, car il n'existe pas, néanmoins, il m'a cerné. Le laisser. Sortir ! Si la force le permettait, si la force m'entraînait, alors je pourrais sortir un jour, quand ? et alors, ce sera fini

ça surgira, ça se lèvera de l'obscurité et dans le lointain, mais cette ligne est encore loin, très loin ; ça s'approche ou c'est moi qui m'approche, et au-delà de cette ligne il ne fait pas aussi noir, c'est le gris du lever du jour ; la ligne ; elle s'approche de moi ou alors c'est moi qui m'approche d'elle, de la ligne qui sépare le noir du gris de l'aube ; je m'approche si vite que c'en est insupportable ; de l'air ! et pourtant, c'est bien, parce que je vois la ligne que je dois atteindre, je la vois, elle est tout près, et je la vois, je vois que ce n'est pas la ligne qui s'approche, mais moi qui me précipite vers elle, délivré de tout poids, je la vois, je la sens, comme si, en me précipitant, j'anticipais déjà le bonheur que j'éprouverai en la franchissant, en passant du noir au gris de l'aube ! plus vite ! plus vite !

je vois
le noir s'approcher ! pourquoi le noir s'approche-
t-il ? pourquoi ? alors que le gris

le gris derrière la
porte

derrière la balustrade en pierre du balcon,
c'est le noir qui s'approche, qu'est-ce que c'est ?
où ?

s'il s'approche, je cours, moi

pourquoi je
cours vers lui, alors que c'est le gris de l'aube qui
s'est approché

pourquoi ai-je couru ? je n'ai pas
couru ! le tapis, le tapis ! l'obstacle, qu'est-ce ?
non, je n'ai pas voulu, je ne veux pas sauter par-
dessus ! il faut s'enfuir, c'est ce que veut dire la
ligne et pas autre chose ! mais qu'est-ce ? m'enfuir pour ne pas le voir, pourquoi ? puisque je ne
veux pas ? si je ne sais pas ce que je fuis, si je ne
sais pas vers où je cours, alors peut-être que la
fuite, si toutefois je fuis, me rapproche, ce que je
ne veux pas ! je ne veux pas sauter par-dessus !
une main, un bras, ce corps m'envahit avec la
couleur de sa peau ! dans la clarté de la lampe :
c'est elle ; mais comment ai-je échoué ici ? Il faut
s'enfuir ! Je la vois, je la sens, je sautille, j'agite les
bras autour de moi, mais je ne sais pas pourquoi,
je ne sais pas comment j'ai pu échouer ici, où je
suis, pourquoi je sautille, fuir ! là-bas ! près du
mur ! je la vois, je ne sais pas pourquoi elle agite
les bras, elle est donc ici ? elle agite les bras, elle
veut me rattraper, mais il ne faut pas qu'elle me
rattrape ! pourquoi ne me laisse-t-elle pas ? mais

pourquoi m'enfuis-je et où ? je ne le veux pas, que suis-je en train de faire ?

« Eva !

— Chéri. Oui chéri ? Quoi ? Dis ! »

Ça s'approche ou c'est moi qui m'approche ? c'est assez loin du balcon, oui, c'est le mur, alors il serait bon d'entrer dans le mur, le mur me retiendrait, me recroqueviller pour qu'elle ne puisse pas me suivre ! tu ne vois pas que je m'enfuis ? ce n'est sûrement pas ça, il n'y a sûrement pas de balcon ici, le balcon est là-bas !

« Eva ! Combien de temps s'est-il passé ?

— Quand ? Depuis quand ? »

pourquoi crie-t-elle ? avec précision, j'étais de nouveau dedans, à présent, il faut formuler la question avec beaucoup de précision, mais rien à faire ! la précision elle-même a des degrés !

« Combien, combien de temps s'est-il passé ? Combien de temps s'est-il passé depuis que je suis ici, debout ?

— Où ? »

bien sûr, la question, la précision, ce n'est pas ici, mais là-bas que j'étais, debout !

« Eva, combien de temps j'ai été là-bas, debout ? »

pourquoi a-t-elle peur de moi ?

« Rien. Il ne s'est rien

passé.

— Combien de temps ?

— Je ne sais pas, je ne sais pas, chéri.

— Mais quelle heure est-il ? »

elle regarde quelque part, oui, là-bas, c'est la commode, ici, c'est la chambre, là-bas, c'est la commode, elle regarde le réveil

« Minuit et demi. »

Moi aussi, je vois le réveil sur la commode, au milieu des livres, oui, il est minuit et demi, car la petite aiguille est entre le douze et le un, voilà des chiffres, et la grande aiguille est sur le six, il ne faut pas penser, mais comment puis-je voir le réveil si je ne suis pas là-bas, mais ici, et pourtant je vois le réveil de près, mais alors depuis quand suis-je ici ?

« Depuis que je suis ici, debout, Eva, je t'en prie ? tu vois, je connais ton nom, je t'en prie, depuis qu'ici et pas là-bas depuis que je suis ici combien de temps s'est-il passé ?

— Voyons ! Aucun ! Rien ! je viens de te dire, je viens de te dire que tu viens de sauter que tu viens d'atterrir !

— Mais là-bas, là-bas, combien de temps je suis resté là-bas ?

— Où là-bas ? Mais tu es ici, tu es ici, debout ! Chéri crois-moi, tu es ici, debout !

— Où ? »

en effet, il me semble que je

ne suis pas ici mais là-bas, où j'étais
« Tu
comprends ? Tu entends, tu comprends ce que je
dis ? Il ne s'est rien passé, tu viens de sauter du
lit pour atterrir ici !
— Non Eva ! Ce n'est pas pos-
sible. Alors, je suis toujours dedans, ou bien tu te
trompes, parce que ça fait très longtemps que je
suis ici mais sans savoir où. Pas possible, parce
que moi, depuis très longtemps... Je ne sais pas.
Voyons, ce n'est pas possible ! »
non,
je ne sais pas,
et maintenant je suis là-bas ? ou ici ? pendant
longtemps je suis resté debout là-bas, ou bien ici,
mais quand ? il faudrait que j'explique ; si tu
regardes le réveil ! le réveil, c'est le temps ! le
temps est la seule chose qui soit sûre ! curieux, ce
machin qui répond à mes questions, qui est-ce ?
il ne me questionne plus, il m'aide. Mais
comment puis-je voir l'heure de si près, si je ne
suis pas là-bas, mais ici ? Minuit et demi. C'est
maintenant. C'est le seul point sûr. À partir de
maintenant.

Ce qui fut peut être considéré comme appartenant au passé. Cette main est ma main. Je vois, je sens mes jambes, mes cuisses, mais pourquoi se lèvent-elles alternativement comme si je courais ? pourquoi mes mains s'agitent-elles ? Je sautille. Il n'y a rien de grave, simplement, je sautille. Ce corps nu, c'est moi. Il n'y a que ma tête que je ne vois pas, mais je ne peux pas la voir, puisque là sont logés les yeux, qui permettent de voir : le corps, le tapis, le parquet, par exemple. Et le balcon, là-bas. Si j'avais sauté, je serais tombé dans la rue. Rue. Même ce mot me revient ! Rue. Et si je me mettais à marcher, si je sortais, si je courais dans la rue, je devrais lui dire, viens, sortons d'ici, courons dans la rue, pour que je ne voie pas toujours la même chose, hein ? si je me mettais en route et si je courais.

« Tu as soif ? »

Je sens ma langue, ma langue sur ma bouche, peut-être, la soif, c'est ça. Elle est devant moi. Elle sourit. Donc, je suis de nouveau ici où j'étais, et pas là-bas ? Je n'ai jamais sautillé, je me le suis seulement imaginé. Il ne s'est pas écoulé beaucoup de temps.

« Veux-tu que je t'apporte de l'eau ? D'accord. Je vais chercher de l'eau. »

Je vois le visage. Il est beau. Bien proportionné. Elle s'efforce de sourire, pourtant, je vois bien sur ce visage qu'elle n'a pas envie de sourire, qu'elle ne m'apporte cette eau que pour m'aider, je vois à son visage qu'elle a peur de moi, et en même temps qu'elle veut m'aider, mais je ne comprends pas bien pourquoi elle devrait avoir peur de moi et pourquoi elle devrait m'aider. Intéressant. Si tout cela se voit sur son visage, c'est qu'elle aussi est pleine de pensées, comme moi, pleine, sans aucune brèche. C'est qu'elle existe réellement et n'est pas seulement le fruit de mon imagination.

« Je vais te chercher de l'eau. D'accord ? Tu n'as pas peur de rester seul, chéri ? »

De l'eau. Elle m'apporte de l'eau. Si elle m'apporte de l'eau, c'est que sur mon visage aussi on voit quelque chose que je ne peux pas voir. Quelque chose qui lui a fait croire que je ne suis pas dans mon état normal et qu'elle doit m'aider. Elle m'apporte de l'eau. Quelque chose, donc, il y a quand même quelque chose qui ne va pas avec moi. Probablement, sinon je ne serais pas là, nu, au milieu de la pièce. La nuit. Oui, dehors, c'est la nuit. Je suis malade et je suis ici, debout. Où est-elle passée ? Elle est allée chercher de l'eau. Avant qu'elle revienne, il faut que je comprenne ce qui ne va pas avec moi. Il ne faut pas que je reste comme ça, debout, immobile. Je sens que je fais un pas vers la table, mais arrivé au niveau de la table, je ne suis pas sûr d'avoir marché, je sens seulement que je suis là. Je vois mes pieds au-dessus du parquet, je les pose avec force pour que mes plantes de pied sentent le contact du parquet ! mais je ne sens rien. Je vois encore mes pieds se poser brusquement, avec force. Ils devraient me faire mal, mais je ne les sens pas. Je lève et baisse rapidement les bras, je les vois bouger, prendre leur élan, puis arriver au point mort, et là, je dois courir. Il faut toujours inventer des mouvements différents, pour ne pas me perdre. Les objets se déplacent comme s'ils couraient autour de moi. J'en déduis que c'est moi qui cours. Mais je ne sens rien. Je m'accroupis. Là, je sens quelque chose. Je me redresse. L'acte précède toujours la pensée. Qui a fermé la porte et quand ? Il faut vérifier le temps. Je suis debout, face à la porte fermée du balcon. Y a-t-il quelqu'un d'autre dans la pièce qui aurait pu la fermer ? Je regarde autour de moi. Elle n'est pas là, je pourrais me jeter par la fenêtre. Mais pourquoi le faire, si je ne le veux pas ? L'acte ne précède peut-être pas la pensée, disons plutôt que les actions successives s'enchaînent si rapidement que la pensée est incapable de les suivre. Je suis là. Mais comment y suis-je parvenu ? Je ne le sais pas. J'ai perdu la mémoire, j'ai perdu un maillon de la chaîne de mes actes. Mais quand ? Je vois les bras qui s'élancent, le genou fléchi pour s'accroupir, les jambes qui se redressent pour sauter, donc j'agis, je m'accroupis, je saute, pourtant je suis là debout, immobile, les objets sont fixes, si je bougeais réellement, et pas seulement en imagination, ce qui m'entoure devrait aussi bouger. Je fais le tour de la chambre en courant, en même temps je sens que je suis debout et immobile, je me vois debout et immobile. Je sens et je vois à la fois ma propre immobilité et mon propre mouvement, il me semble qu'un tiers observe les deux personnes que je suis mais il me semble aussi que je suis trois personnes, celle qui saute, celle qui court, celle qui s'accroupit. Non. Je ne suis que la troisième, celle qui, placée entre les deux autres, observe celles que je suis. Saut du crapaud. Mouvement circulaire des bras. Je ne sens rien. Entre deux mouvements, le temps est trop long. Avant même d'arriver au mouvement suivant, je perds la sensation du mouvement précédent. Et l'autre qui n'arrête pas de bouger, cet autre est certainement paralysé par une contrainte, par quelque chose qui le contraint à ne pas bouger. Mais j'ignore quoi, car nous ne faisons pas qu'un, je me vois seulement. Il bouge pour sentir ce qu'il ne sent pas quand il est immobile. Donc, il est devenu fou, car quoi qu'il fasse, il a perdu le contact avec les mouvements réellement perceptibles. Il se perd dans les intervalles entre les mouvements, il lui reste trop de temps entre deux mouvements. Il faut se remuer plus rapidement, mais aussi rapides qu'ils soient, deux mouvements ne s'enchaînent pas immédiatement, il reste un intervalle. Pour cela, il faudrait que les deux mouvements soient identiques. Mais si j'accomplis toujours le même mouvement, je ne perçois plus rien, car, tout se répétant, je ne peux me retrouver dans l'éternelle identité des mouvements, n'étant pas moi-même identique à ce qui se répète. Il faudrait s'enfuir quelque part, m'intégrer au mur. Et me repérer dans le temps. Il faudrait que je voie le réveil, mais si je ne sais pas où je suis, je ne peux pas savoir où est le réveil.

il faut croire que j'étais là, debout, seulement j'avais les yeux fermés parce qu'une fois de plus je pensais ; si les objets ont bougé, c'est aussi parce que je pensais, mais maintenant le réveil est là. Le temps. La grande aiguille sur le six, la petite aiguille entre le douze et le un. Cela signifie qu'il est minuit et demi. Comment ce qui a été peut-il encore être ? Il s'est arrêté à minuit et demi. S'il s'était arrêté, il ne ferait pas tic-tac. Je l'entends tictaquer. Minuit et demi. Si ce n'est pas le réveil qui s'est arrêté, alors, c'est le temps. Le réveil n'est pas le temps, ce n'est qu'un instrument, il indique le temps, le temps qui s'est passé depuis un certain moment. Mais il faut connaître ce moment qui a précédé. Le réveil ne le montre pas, pourtant il fait tic-tac. Une autre fois, il était déjà minuit et demi. Il fait tic-tac. Il est toujours minuit et demi. Donc, quelque chose est arrivé au temps. Il s'est arrêté. Il ne montre pas ce qu'il devrait montrer et qui, pourtant, était mon seul point fixe, ma dernière certitude. Je le croyais. Mais il s'est démasqué, comme tout le reste. Le temps est immobile, il n'avance que dans mon imagination. La démonstration est faite que même cette dernière miette de réalité n'existe que dans mon imagination. Mais cette démonstration est elle-même imaginaire. Pure répétition. La répétition d'un fait que ma logique a déjà démontré : me voici arrivé au point final. Minuit et demi est sans doute le moment, l'espace de temps où mon être a cessé d'exister, je ne suis plus, même si, jusqu'ici, je croyais devoir être. La dernière chose réfléchie à quoi mon être physique se soit cramponné. Le temps n'est plus en vigueur. Le réveil n'est rien d'autre que le symbole du temps qui n'est plus en vigueur. Il faut partir. Il faut contribuer à ma propre cessation, puisque c'est cela que l'on attend de moi. Concentrons-nous. Je vois le réveil, donc, en me retournant, je verrai la pièce où la porte du balcon est ouverte, je pourrai alors me mettre en route, sûr de pouvoir me diriger par là

« Voici l'eau, chéri. »

elle est ici, debout, devant moi, comme si elle y avait toujours été, apparemment identique à ce qu'elle a déjà pu être, un verre à la main, verre rempli d'eau

« Que s'est-il passé ?

— Il ne s'est rien passé. »

elle me tend le verre, elle veut que je boive, mais elle s'éloigne, car je recule, je m'enfuis vers le mur, je la fuis, elle qui n'existe pas, mais dont l'apparence parvient toujours, *in extremis*, à me retenir.

« Que s'est-il passé ? »

je ne pensai pas hurler ainsi, mais je me sens tellement excité.

« Non. Il ne s'est rien passé. Tu as couru un peu. Il ne s'est rien passé d'autre. Mais n'aie pas peur. Il ne s'est rien passé d'autre. Et je comprends maintenant ce qui t'arrive, chéri. C'est en toi qu'il se passe quelque chose. Mais n'aie pas peur. Cela va passer tout de suite. Et je suis près de toi. Tu me vois ? Je suis là et je reste avec toi et ça va passer tout de suite. Bois ! »

elle s'approche et me tend le verre pour que je boive.

« Eva !

— Oui, chéri.

— Cette eau, c'est toi qui me l'as apportée ?

— Tu vois, je t'ai apporté de l'eau. Bois. »

Je la regarde. Dans ce cas, elle est réellement ici, je peux boire de son eau, l'eau ne risque pas de se révéler imaginaire. Sans doute, ai-je soif. Alors, il faut la croire. Alors, jusqu'ici... il faut que je sache que jusqu'ici il ne s'est rien passé. Alors, je peux accepter l'eau. Je tends la main pour prendre le verre, sa main est sur mon épaule, et, par-dessus le verre, je vois son visage souriant ; son visage s'efforce de sourire, mais ce n'est pas là un sourire, c'est un moyen de me rassurer. Elle souffre. Je la fais souffrir. Avec quelque chose. Il ne faut pas. Il faut faire attention à ne pas la faire souffrir, elle, si bonne envers moi, elle me retient, elle est patiente avec moi, pourtant, je suis là, en pleine nuit, à gambader sans raison, car il se passe quelque chose avec moi. J'entends ma propre déglutition, mais je ne sens ni goût ni consistance. C'est effarant, il peut donc se passer quelque chose qui n'advient pas. J'éloigne rapidement le verre de ma bouche et, rapidement, je le lui tends. Elle prend le verre et le pose sur la table ; il me semble

que cela a déjà eu lieu. Toc. Si ce toc a déjà eu lieu,
alors depuis
                « Eva !
                        — Dis, chéri !
                                        — Combien de
temps s'est-il passé ?
                        — Depuis quand, depuis
quand ?
                — Depuis que je suis là, debout !
                                                — Pas
une seconde, rien, vraiment rien.
                                — Eva, c'est
impossible ! Eva ! sois gentille, dis-le moi, je ne
veux pas te le demander, mais sois assez gentille
pour me le dire, et ne te mets pas en colère,
mais dis-moi quelle heure il est.
                                        — Minuit et
demi.
        — Eva ! Exactement !
                                — Minuit et demi ! »
                                                        il
me semble ne pas avoir entendu ce que j'ai
entendu, ce que je dois entendre : minuit et demi.
Serait-ce possible ? Je me souviens : tout à l'heure,
il était déjà minuit et demi et avant aussi. Mais
depuis, il s'est écoulé un certain temps. À moins
que je ne me le sois imaginé. Mais le fait même
d'imaginer prend du temps, l'imagination n'est
pas possible hors du temps ! Ou alors il s'est
arrêté. Ou alors, l'imagination n'y est pour rien et
c'est moi qui suis hors du temps. Cette hypothèse
se voit confirmée par le fait que c'est elle qui me
le dit, donc il faut que je comprenne que mon
temps s'est arrêté. S'il est minuit et demi, s'il était

minuit et demi, alors il sera toujours minuit et demi. À moins qu'elle ne mente.

« Minuit et demi ! Tu comprends ? Minuit et demi ! Tu comprends, chéri ? Il est minuit et demi. Minuit et demi. C'est tout. Ni plus ni moins. Minuit et demi. Il est minuit et demi, mon ange ! »

elle chuchote ; son visage ! Si elle ne mentait pas, elle n'aurait pas ce pli ironique au coin des yeux ! Si elle ne mentait pas, elle ne chuchoterait pas ainsi, elle ne sifflerait pas avec tant de haine, elle ne se montrerait pas aussi belle, en un tel moment. Sa beauté n'est qu'apparence, séduction, elle s'en sert pour que je gobe ses mensonges. Si je parviens, à son instigation, à croire qu'il est minuit et demi, il me faudra aussi croire que le temps s'est arrêté, et alors tout deviendra incontrôlable, je serai obligé de rester là pour l'éternité. Avec elle. Elle a calculé tout ça, avec précision. C'est bien pour me faire admettre que le temps s'est arrêté qu'elle m'a attiré dans ce cercle des apparences. Mais elle n'avait pas prévu que je serais encore capable de penser. En fait, je n'en suis plus capable. Donc, elle a gagné. C'est en vain que je réfléchis au fait qu'il est minuit et demi. Pour bien y réfléchir, j'aurais besoin d'un autre repère temporel, d'un point de comparaison. Or, je dispose de deux temps identiques. Il était minuit et demi, il est minuit et demi. Et s'il s'était passé toute une journée depuis ? si on n'était pas aujourd'hui, mais demain ? Vingt-quatre heures pleines, toute une journée ! Pour le vérifier, il suffirait d'attendre. Cinq minutes. Cinq minutes. Mais je ne peux pas attendre, car le temps n'avance pas.

Il était minuit et demi, il est minuit et demi. On ne peut attendre que ce qui doit advenir. L'inconnu, le prévisible. On ne peut attendre ce qui est déjà advenu. L'attente a en cela déjà cessé.

Le réveil ! Peut-être !

Il indique minuit et demi. Et là-bas, c'est la porte du balcon. Elle est ouverte. Je sens que jusqu'à présent j'avais en moi une force attentive et silencieuse ! mais je ne sens plus cela, la force s'est mise en mouvement, elle se précipite vers la porte ouverte, je vois que je me précipite vers la porte ouverte, en même temps la porte ne s'approche pas, elle s'éloigne, je sens que j'ai heurté quelque chose. La force m'a conduit non pas à la porte, mais ici, au mur. Je voudrais toucher le mur avec mes mains, j'ai beau tâtonner, il reste hors d'atteinte, mes mains s'agitent en vain, elles s'agitent, je sautille sous l'effet d'une certaine tension, je me débats, le mur reste toujours hors d'atteinte. Nous sommes ici, au milieu de la chambre, là où nous étions, pourtant il me semble que je suis là-bas, près du mur, il me semble que je m'y suis réfugié pour ne pas sauter par la fenêtre. Mais je ne suis pas là-bas, je suis ici. Et elle aussi, elle est ici ; jusqu'à présent, je n'avais pas vu où elle était. Elle était ici, seulement, je ne la voyais pas. Je sens que mes mains et mes jambes ne bougent pas. Le silence règne. Et je vois avec de plus en plus de certitude qu'elle est ici. Il faut profiter de ce moment.

« Eva, je sens que je suis devenu fou. Je ne parviens pas à me délivrer ! Mais, pour un instant, je crois avoir retrouvé ma lucidité. À présent, tout est net. À présent, tout est là, mais ça aussi, ça me fait peur. J'ai peur ! Tu comprends ? J'ai peur. Tout disparaît. Je veux te dire tout cela rapidement, pendant que je suis ici, Eva ! Il faut faire quelque chose. Je suis devenu fou. Je ne parviens pas à briser le cercle de ces images et de ces pensées qui se succèdent en moi si rapidement, et puis le temps s'est arrêté et je ne sais jamais où je suis.

— Des visions ? Tu as des visions ?

— Je ne sais pas. Oui, je vois des images, elles ne sont pas inexistantes, ou plutôt, c'est justement ce que je ne sais pas. Il me semble que je ne vois que ce qui est, mais aussi que ce qui est n'est pas. Tout ce qui est s'est accéléré, et pourtant le temps est immobile. Je n'arrive pas à séparer les choses. Je ne sais même pas ! tout à l'heure, je le savais encore, mais je ne sais plus si tu es réellement ici, ou si seulement je me l'imagine. Car tout s'est obscurci et je ne te vois plus, j'entends seulement ma propre voix, je m'entends parler, sans réussir à savoir si c'est à toi ou à moi-même que je parle. Ne te vexe pas, si toutefois tu es là et si tu entends ce que je dis, ne te vexe pas, mais il me semble que tu me dis des choses trompeuses. Comme si tu voulais me tromper. Ne te vexe pas !

— Sais-tu où nous sommes ?

— Je le sais. Je sais qu'il y a cette pièce. À présent, je la vois avec une grande netteté. Mais je ne sais pas et j'ai beau forcer ma mémoire, je ne sais pas ce qu'il y a en dehors de cette pièce. Je sais que je devrais le savoir, mais je ne sais pas ce que je devrais savoir. Seuls des mots me viennent à l'esprit. Et tout se répète ; il me semble avoir déjà dit ce que je viens de dire. Une force en moi me pousse vers là-bas, tu sais où ? Vers la fenêtre. Sauter par la fenêtre. Mais quelque chose m'en empêche. Une autre force. Mais je ne sais pas laquelle je suis.

Aide-moi !

C'est comme si je me parlais à moi-même. Comme si je t'imaginais uniquement pour ne plus savoir si c'est à moi que je parle. Aide-moi ! Je ne parviendrai jamais à sortir de cette pièce. Tu ne peux pas vouloir ça. Où es-tu ? Je ne te sens pas. Vois-tu, à nouveau, je ne te sens et ne te vois plus parce que tu ne m'as pas aidé. Je ne suis pas complètement fou. Je sais encore réfléchir un peu. Cette pièce existe, seulement, je ne la vois pas ; et je sais que je suis, mais je ne me sens pas et je sais que tu es, je le sais et j'en déduis qu'il devrait y avoir quelque chose en dehors de toi. Seulement, je ne me souviens pas quoi. Ça y est, je me souviens ! Tu vois, je m'en souviens. Tu vois, je le sais et je sais aussi, parce que je m'en souviens, qu'il y a le téléphone. Sur la table de nuit. Et s'il y a le téléphone, on peut appeler Police-Secours. Appelle Police-Secours ! Et Police-Secours viendra et m'embarquera, puisqu'on peut téléphoner. Et Police-Secours fera quelque chose de moi, parce que je n'en peux plus, excuse-moi, mais je n'en peux plus. Mais que peuvent-ils faire de moi ? Je suis devenu fou, que pourront-ils faire de moi ?

— Chéri ! Écoute-moi ! Tu entends ce que je dis ? Tu as encore pâli ! Écoute ! Écoute-moi ! Je suis là ! Chéri ! Il n'y a rien de grave ! Ça va passer. Tout ira bien. Tu entends ce que je dis ? Réponds ! Tu entends ce que je dis ? Tout ira bien. Tu comprends ? Aucun mal. Tu entends, écoute, chéri, oh ! tu entends ce que je dis ? Essaie d'aller te coucher ! Moi, je n'ai rien, tu n'as rien à craindre. Je suis avec toi. Tu entends ce que je dis ?

— Oui, j'entends. Mais alors ça signifie que je ne t'ai pas parlé, que j'ai seulement imaginé l'avoir fait. Tu comprends ?

— Tout va bien. Tu me vois ?

— Je te vois. »

c'est comme si je me hissais pour atteindre ce que je vois réellement, ce que je vois ayant toujours été là, mais sans que je le sache. Je ne le savais pas. Ça n'existe pas, je l'imagine seulement. Nous sommes là où nous avons toujours été. Entre la table et le lit, sous le lustre. Au-dessus du lit, c'est allumé. Donc, c'est le soir, c'est la nuit. Mais si c'est la nuit, pourquoi sommes-nous ici ? Pourquoi le lit est-il vide ? Il m'est arrivé quelque chose de grave et je l'empêche de dormir. Pourtant, c'est la nuit et demain elle travaille. Tiens, je me souviens de quelque chose. Donc, tout n'est pas complètement confus.

« Eva !

— Dis, chéri !

— Ne devrait-on pas ? Ne devrait-on pas appeler Police-Secours ? »

j'en ai déjà parlé ou j'ai seulement imaginé l'avoir

fait ?

« Police-Secours ? Non ! Ça va passer. Il n'y a rien de grave. N'aie pas peur. Tu as trop fumé, voilà tout. Si j'appelais Police-Secours, il faudrait le leur dire. Et alors, on nous arrêterait tous les deux. On nous mettrait en prison. Et ça n'aurait aucun sens. Tu comprends ? »

J'émerge quelque peu des profondeurs où j'étais plongé, et d'où j'ai pu voir qu'ici c'est une chambre. Mais il me semble toujours que je ne suis pas dans la chambre que je vois. Mais alors où suis-je ? Dans une cellule ? Si j'arrivais à me représenter quelque chose d'extérieur à cette chambre, comme la prison, alors je pourrais me souvenir. Si on appelle Police-Secours, les ambulanciers vont nous conduire en prison. Donc, il ne faut pas appeler Police-Secours. Mais si on n'appelle pas Police-Secours et que l'on n'est pas conduit en prison, alors comment sortir d'ici ?

« Eva !

— Oui, chéri.

— Eva, je crois que je suis tout à fait lucide. Je sais, tu as raison. Mais je voudrais savoir !

— Savoir quoi ? Que veux-tu que je te dise, chéri ? »

je voudrais savoir, mais j'ai peur de te le demander, parce que si tu me réponds encore la même chose, alors ! Mais je vois mes jambes qui sautillent, donc je sautille ; et il me semble que mes mains cherchent à maîtriser mes jambes, donc je vois mes mains frapper ma peur ; mouvements spasmodiques ; alors je préfère poser la question, ah ! si seulement il n'y avait pas ces spasmes

« Quelle heure est-il ?

— Minuit et demi »

comment le sait-elle, si elle n'a même pas regardé le réveil ? Et c'est en vain que je regarde son visage, car je vois à son visage qu'elle ne ment pas, qu'elle est sûre de dire la vérité

« Minuit et demi. Minuit et demi, chéri. »

Alors ça va. Alors, il y a au moins une chose de sûr, c'est que je suis devenu fou. Je me retrouve dans ce néant noir, je le connais, c'est, sans doute, ma seule place. Donc, je n'ai rien vu, rien entendu, j'ai seulement imaginé ce qui s'était passé ou ce qui aurait pu se passer jusqu'à ce moment décisif. Et j'ai encore conscience d'avoir pénétré dans ce cercle qui a une entrée, mais qui n'a pas de sortie. C'est que mes propres visées se sont figées en quelque chose de définitif. Loin de parvenir à l'extérieur de moi-même, je suis retombé en moi-même. Et ce qui était s'est figé en quelque chose de définitif. Tel est le résultat de mes efforts, de mes penchants et de mes mensonges. J'ai perdu le contact avec le monde extérieur, parce que je l'ai toujours craint. Il était beaucoup trop trouble, beaucoup trop complexe pour ne pas me faire peur. Je croyais pouvoir le comprendre en le simplifiant, en le réduisant à moi-même. Comprendre le monde à travers moi-même. C'était là un mensonge. Le mensonge de la fuite. Mais c'était précisément ce que je visais, être mon propre monde extérieur, ne plus recourir au vrai monde extérieur, abandonner tout point d'appui. Par ce mensonge, je suis parvenu à me persuader que ce que je ne comprends pas n'existe pas. Et, à présent, voilà que le monde a bel et bien disparu. L'instinct vital me commanderait de m'y accrocher, mais, à force de ruses, mes mensonges ont atteint leur but, et j'ai beau vouloir me cramponner, tout se dérobe. Voilà à quoi m'ont mené ma lâcheté et ma malléabilité. Je suis réduit à ce que je suis : faillible, mensonger, voué à la mort. Tel est mon lot. Mais ce n'est plus une vie. La vie, c'était ce lien entre ces symboles présents en moi, mais inaccessibles, et ceux présents en autrui, tout aussi inaccessibles. Donc, tout ce que j'ai vu jusqu'ici n'existe pas. Ce n'est qu'un ensemble de symboles qui n'existent qu'en moi. Elle aussi n'est que symbole, celui de la féminité à laquelle je m'efforçais de m'accrocher, que j'avais pris pour un ultime objet de cramponnement, l'objet de mon attirance n'étant pas en dehors de moi, mais en moi. Mais le monde extérieur que j'ai pris jusqu'à maintenant pour du monde réel et que j'aurais voulu atteindre ; quitte à me berner moi-même, ce monde se situe au-delà d'elle et au-delà de moi-même. Je ne peux pas y accéder. Parce que ce n'est plus moi. Je suis devenu deux formes qui se recouvrent entièrement, voilà pourquoi je ne sens pas cet autre moi-même. Je ne me sens pas. Si Dieu existait, je devrais me résigner à cette ultime contradiction. Si je pouvais me résigner, je ne serais plus en proie à ces ruminations sans fin, et mon envie de comprendre ne tournerait pas en boucle dans son propre espace, qui est mon moi. Encore maintenant, je suis en mouvement, certainement en proie à ces mouvements spasmodiques que je ne peux ni voir ni sentir. Mais si je ne peux pas me résigner, s'il n'y a pas de force capable de vaincre cette force-là, alors Dieu n'existe pas. Alors Dieu n'est que le fruit de mes propres mensonges. Et il n'y a plus que moi, voué aux mouvements de ma propre force, m'efforçant sans cesse d'accéder à mes propres symboles. Mais s'il en est ainsi, alors Dieu, malgré tout, existe, Dieu, c'est moi-même, cette force qui, tout en agissant en moi, est indépendante de moi. Qui me fera fonctionner répétitivement tant que je vivrai. Et qui disparaîtra donc avec ma mort.

L'envie de comprendre pro-voque en moi une excitation fastidieuse ; j'essaie en vain d'en briser le cercle, elle ne peut atteindre qu'elle-même. Pour entrer dans un autre système, pour connaître autre chose que ses propres inter-connexions, il faudrait qu'elle aille au-delà de la mort.

En moi, il n'y a plus rien qui puisse protester. Et je ne veux plus rien attendre. Je suis ici et je deviendrai ce que je ne serai pas. Où ? Oui, ce ne sera plus là-bas. Pas entre la table et le lit, la table est désormais derrière moi, je suis à présent devant la commode, et je peux vérifier le temps qui s'est écoulé. Mais pourquoi toujours céder à la tentation du temps ? La petite aiguille est entre le douze et le un, la grande aiguille est sur le six. Il est donc minuit et demi. Enfin quelque chose qui ne me justifie pas, moi, et qui ne justifie que soi-même. Mais il en est ainsi de toutes choses : il n'y a pas que le temps qui soit inconnaissable, l'espace m'est également inconnu. Si je ne suis pas là où je suis, et si je ne me souviens pas d'avoir changé de position de mon propre gré, donc par ma volonté, c'est que l'espace est indépendant. L'espace me ballotte, et le temps tient à son pouvoir. Mais ce n'est pas nécessairement vrai. Il est possible qu'existe, en dehors de ma volonté, une force quelconque qui me fait bouger dans l'espace et dont ma seule logique est incapable de contrôler le fonctionnement, comme elle le faisait autrefois, dans ma vie dite normale. Les événements se déroulaient alors sans que je les voulusse, et c'est seulement après coup, dans l'accalmie entre deux événements, que je pouvais y penser, penser n'importe quoi. C'est ce qu'on appelle vie. À présent, seuls ces hiatus dans ma logique font que ma folie ressemble à de la vie. La folie est, elle aussi, vie. Elle l'est encore. Une vie sans possibilité de mentir, sous l'emprise absolue de la force.

Au-delà de l'horizon de ce champ plongé dans l'obscurité, le gris du lever du jour. La ligne qui sépare l'obscurité non pas de la clarté, mais de l'espace où se devine une possible clarté ; donc, quelque chose d'un tout petit peu plus clair que ça. Ça ne se rapproche pas, et moi, je ne me rapproche pas, pourtant, j'ai déjà vu ça, j'ai déjà vu ça s'approcher.

Je suis ici et finirai par basculer là-bas. Oui. C'est la ligne de la mort. Un symbole. Si je souhaite ce basculement, c'est certainement parce que là-bas cessera la contrainte d'observer, d'évaluer, de penser. Au-delà de cette ligne, tout est parfaitement logique et je n'aurai pas à souffrir de ces béances entre les divers maillons de ma logique ; à moins que tout y soit parfaitement illogique, mais d'un illogisme vraiment parfait, uni, continu, ce qui, à l'heure actuelle, me paraît encore inconcevable.

J'ai déjà vu ça. Alors, je sais où je dois aller, je sais où je vais, sans y être contraint. Mais je ne me rapproche pas et ça ne se rapproche pas. Attend-on une décision ? Dans cette folie pleine de béances, j'ai beau me regarder, tenter de contempler le monde extérieur, je reviens toujours aux mêmes problèmes : impossible de rester dans cet état. Je le supporte, c'est vrai, mais c'est insupportable. Si seulement ce supportable insupportable ne ressemblait pas autant à ce qu'il a laissé derrière lui ! à ce que je prenais pour une vie normale, réelle. Mais comment n'y ressemblerait-il pas, puisqu'il en fait partie, même s'il en montre avec plus de netteté les béances. Il me semble qu'en dernière analyse l'homme aspire à une continuité sans béances. À la mort. En dernière analyse ? Voici la vraie pensée ! Celle que personne ne peut utiliser, que personne ne peut partager avec moi, car je ne peux la communiquer à personne, elle m'est donc complètement inutile.

Pourquoi ça ne se rapproche pas ?

Je ne pourrai l'atteindre que si je réussis à sortir de la folie. Il me semble que cette idée n'est quand même pas inutile. Il faut que je pense, la force m'y contraint, avant de daigner m'ôter la faculté de penser. L'inconnu. La béance. Le moteur. Le continu dans le discontinu. Où je m'efforce d'être. Mais il semble que je ne pourrai pas basculer dans cette existence-là sans retourner préalablement à mon point de départ. Revenir de la folie à la vie dite normale. Réfléchissons. Je suis dans la phase logique de la folie. À ce stade, je ne fonctionne que par ma pensée. Ce qu'on peut appeler vie est la sensation de mon fonctionne-ment, non seulement psychique, mais aussi phy-sique. La fausse idée de la simultanéité du physique et du psychique. Ma conscience a saisi le sens symbolique de la ligne au-delà de laquelle tout ça n'existe pas. Mais je ne peux atteindre cette ligne qu'en récupérant, ne serait-ce que pour un instant, mes sensations corporelles, et qu'en envoyant ce corps à travers les éléments concrets de l'espace, comme autant de symboles, vers un point où peut se concrétiser ce que la conscience a préalablement saisi. Je dois récupérer le corps dont j'ai conscience, mais que je ne sens pas, je dois récupérer le côté physique et, pour y mettre fin, lui appliquer la force déterminante.

Non. Il y a là quelque chose qui cloche. Deux chaînes logiques qui ne se rattachent l'une à l'autre que par l'entremise d'une brèche !

Réfléchissons. Puisque j'ai une si nette, une si exacte conscience de l'existence du corps, de la décision et de la volonté, et même du fait qu'il existe un monde extérieur à moi et accessible aux sens, mais que je ne sens pas, que je ne sens plus, même si je l'ai senti et suis censé pouvoir le sentir encore, alors je ne suis pas aussi près de la mort que j'ai pu le penser ; alors tout ça n'était que le produit de mon imagination, le produit de la folie. Le refuge de la folie, un refuge définitif qui atteste moins de la mort en tant que sujet imaginaire auprès duquel on se réfugie que de son prédicat, la fuite elle-même. Cela ne signifie pas qu'avec l'aide de la mort je pourrai sortir de la folie, mais plutôt que je me suis enfoncé encore plus profondément dans la logique de ma folie. Je suis arrivé à un stade de ma folie où tout ce qui était et est encore en moi, intention, attrait, pensée, commence à se constituer en système ; en un système qui, sans aucun besoin de sensations corporelles, s'érige en un corps, vu qu'il est le corps lui-même devenu pensée, matériau logique, ce pourquoi il n'a besoin ni du monde extérieur, ni de la possibilité de le percevoir. Il est mis fin au monde extérieur qui voudrait imposer des rapports inaccessibles aux signes en vigueur dans le système, chose incompatible avec l'homogénéité du matériel logique. Et il n'y a pas de mort. La mort offrirait un refuge commode. Mais elle n'existe pas. Ce serait l'espoir de la rédemption, détourné de son sens originel, ou, au contraire, y retournant, et qui signifierait l'immutabilité. Parce qu'elle n'existe pas. N'est que ce qui est. Dans l'espace inconnaissable qu'est mon moi, parcourir sans cesse le même circuit, mes expériences ne servant à rien ! retourner toujours au même point, sans le repère du temps, sans l'espoir d'une rédemption. J'ignore combien de temps je dois encore vivre en moi-même. La durée moyenne de vie des fous est inférieure à celle des gens qui se croient normaux. Pourquoi est-elle plus brève ? C'est que tout ce que je pense et que je sens, les formes vides de mon système, je le pense et je le sens plus rapidement que ceux qui, dans un espace-temps dit réel, en fait ne le sentent pas. Ma combustion est plus rapide que la leur. Dix années. Au moins dix années. Mais comment espérer en ces dix années, comment supporter ces dix années sans l'espoir de voir le temps passer ? car mon temps à moi ne bouge pas et je ne sais pas de combien leur temps à eux a avancé ! L'abrutissement, oui, l'abrutissement. Au bout d'un certain temps, toujours ce temps dont j'ignore la quantité ; mais au bout d'un certain temps les fous deviennent débiles. Sans doute au moment où ils dépassent le seuil de tolérance, au moment où leur devient insupportable cette vitesse, cette infinitude implacable du rythme dans l'infini du temps immobile. Moment où la contradiction entre monde intérieur et monde extérieur devient intolérable, où le corps, les cellules cérébrales, les tissus nerveux dépérissent, ou bien avant même qu'ils dépérissent définitivement ? moment où l'esprit, s'éteignant dans le corps, n'y laisse qu'une forme végétative vide. Mais quand ? Cinq ans. Mais s'il est maintenant minuit et demi et que je ne suis plus appelé désormais à ressentir aucun instant, alors à quel moment ces cinq ans viendront-ils à échéance ?

Oui. Le calme, le repos, le silence qui n'existe pas.

Il n'y a qu'une seule solution. Il me faut me tuer.

Mais si l'espace où je me trouve n'est pas un espace réel, si je suis seul à le croire tel, à quoi bon me ruer vers la porte du balcon ; si je me heurte sans cesse à l'obstacle de la mort, c'est parce que là où je crois qu'il y a une porte, il n'y a pas de porte. Il n'y a que le mur. Et ce n'est peut-être même pas le mur de la chambre où je croyais être. Car je ne peux pas me fier au temps pour vérifier si je suis là où j'étais. Je ne peux pas savoir combien de temps s'est écoulé pour eux. Beaucoup de temps, sans doute, peut-être des mois, ou des années. Je ne suis plus ici, je suis quelque part ailleurs, sauf que cette chambre s'est fixée en moi en tant que dernier lieu de mon être réel. On m'a transporté hors de cette chambre. Les ambulanciers ? Ce mot m'est venu à l'esprit parce qu'un jour des ambulanciers sont réellement **venus** et m'ont emmené, d'ailleurs ce jour-là, **ce fait** ne m'est parvenu que de très loin, en effet, quoi qu'il arrive autour de moi, ma conscience est prisonnière de cette chambre. Pourtant, cela lui est parvenu, je ne sais pas comment, et elle l'a intégré dans l'édifice de son idée fixe. J'avais demandé que l'on appelle Police-Secours. Elle n'était plus là depuis un bout de temps, mais elle avait appelé Police-Secours bien avant et les ambulanciers ont pu m'emmener, et, malgré tout, j'imagine que je m'adresse à elle, que je lui demande d'appeler Police-Secours ; parce que j'ai voulu quitter cette chambre. Pourtant, je n'y étais plus. Je n'y suis plus. Une idée fixe, la vision de cette chambre. Je le sais, mais je ne peux pas m'en délivrer. Opposition totale de l'être et de la volonté. C'est, sans aucun doute, de la folie. Mais comment m'en délivrer ? Il me faudrait m'enfuir quelque part où je ne verrai plus cette chambre, objet de mon obsession. Mais comment m'enfuir, où m'enfuir, si je n'ai pas la moindre idée de l'endroit où je suis. Il faudrait courir ! Mais je ne peux pas courir !

je sens que je cours...

à quoi bon courir, si je vois tout le temps

cette chambre ! D'ailleurs je ne devrais pas courir, car la fuite, bien loin d'être une solution, n'est qu'une contrainte, la contrainte de la fuite en moi, donc, encore la folie. Je voudrais me libérer de la folie ! Mais comment me libérer de ce que je suis ? Réfléchir, réfléchir ! Maintenant ! Réfléchis !

Oui. Il existe deux possibilités. Le monde extérieur existe. Je le sais. Il faut que je me concentre sur le monde extérieur. Le voir et le sentir avec netteté, débarrassé des obsessions. Ou alors me tuer. Mais comment me tuer si, là-bas, c'est un mur et non pas, comme je le crois, la porte du balcon ? Et la porte est fermée. Tout à l'heure, elle était encore ouverte. Un changement dans le système des répétitions. Mais ce n'est qu'un symbole, et les changements ne sont là que pour que ça fasse vivant, afin de me bloquer là. Perturber ma logique. Le dossier. Le dossier sur le radiateur, et, sur le dossier, ma vieille montre. Le temps. Je pourrais la regarder, mais à quoi bon ? Encore un symbole. Le désir de la délivrance. Le désir s'éveille en moi, c'est l'instinct vital qui veut ça, mais je suis empêché de faire autre chose que de m'agiter dans ma chambre imaginaire ; les autres n'y voient que des mouvements compulsionnels. Ils voient seulement que je vais quelque part, que je prends quelque chose qui, pour eux, n'existe pas, que je regarde quelque chose qui n'existe pas, et leur bêtise me fait sourire, ils n'ont même pas vu que c'est ma vieille montre que je suis allé chercher pour regarder l'heure

« Chéri ! Entends-tu ce que je dis ? Chéri ! Parle ! Dis quelque chose, entends-tu ? Dis !

N'importe quoi ! Ça ira peut-être mieux, si tu parles. Parle ! Dis quelque chose ! Entends-tu ? Essaie de parler ! Que ressens-tu ? Qu'y a-t-il de si terrible ? Parle ! Entends-tu ? Parle ! Oh ! Entends-tu ? Parle ! »

mais quelque chose se passe ; il se passe quelque chose qui n'est pas moi, je crois entendre une voix ! une espèce de voix ! quelque chose qui ne vient pas de moi, mais de l'extérieur pour se diriger vers moi. Ou bien serait-ce moi qui me parle ainsi à moi-même ?

« Parle, chéri ! Dis ! Dis quelque chose ! Tes mains, tes pieds, sens-tu tes mains, tes pieds ? Les sens-tu ? »

oui, mes mains, mes pieds, bien sûr ! Je les sens ! Je sens mes mains ! Je sens mes pieds ! Grâce à sa voix, je sens mes mains et mes pieds. Je suis sauvé, alors

« Les sens-tu ? parle ! »

jusque-là je ne les sentais pas, mais sa voix m'a fait prendre conscience de mes mains et de mes pieds, elle a fait en sorte que je les sente, mais à quoi bon lui répondre que je les sens, si, déjà, je ne les sens plus.

« Les sens-tu ? Parle ! »

je ne peux pas répondre, je la vois, elle est là, le symbole est là, devant moi, mais je ne sens pas mes pieds et mes mains, je ne les sens pas. Mais il faudrait la rassurer, c'est-à-dire me rassurer moi-même, la rassurer, il ne faudrait pas que son visage exprime une telle peur, si j'ai tellement peur de moi, peut-être n'est-elle pas un sym-

bole, peut-être existons-nous vraiment, peut-être
ai-je, moi aussi, des mains et des pieds, même si
je ne les sens pas

    « Oui. Je les sens.

       — Oh, chéri !
Parle ! Il faut toujours me répondre. D'accord ? Dis
toujours ce que tu sens ! D'accord ? Que sens-tu ?
As-tu peur ? Es-tu angoissé ? »

       ce serait ça, la
peur ? si c'est ça qu'on appelle peur et angoisse,
alors, sûrement, j'ai peur et je m'angoisse. Mais
elle m'a déjà posé cette question. Il me semble
qu'elle me l'a déjà posée. Elle n'est pas là et je ne
suis pas. Je me suis berné moi-même. Sans doute,
ces anciennes questions et ces anciennes réponses
doivent-elles repasser en boucle, repères fixes
dans la logique de la folie, variations dans la répétition, avec, pour vocation, de rappeler ce que l'on
croyait être l'existence réelle, où les faits se
voyaient avérés par leur variabilité. Ces questions,
ces rappels sont les jeux de ma propre conscience,
fallacieuses invitations à revenir à ce que j'eusse
voulu prendre pour de la réalité, chimères qui me
feront m'enfoncer encore dans la folie. On veut
que j'aie peur et que je m'angoisse. Mais je n'ai
pas peur, je ne me laisse pas berner, j'aborde serei-
nement l'idée d'un tête-à-tête avec mes propres
obsessions ; la peur est ridicule

       « Chéri ! Entends-
tu ? Je suis là. Me vois-tu ? Je suis ici, à tes côtés,
oh ! je ne peux pas plus être ici que je ne le suis !
Me vois-tu ? Me sens-tu ? Parle ! N'aie pas peur,
ça va passer. Entends-tu ? Ça va passer. Tu ne dois
pas avoir peur ! Sais-tu où tu es ? Me vois-tu ?

Essaie de te souvenir ! M'entends-tu ? »

il me
semble que c'est elle qui parle, c'est moi qui m'en-
courage avec sa voix

« Essaie ! Il faut vouloir ! Tu
entends ? Essaie de te souvenir !

— De quoi ? »
voici un visage qui me rappelle un visage, le
sien, à moins que cette bouche ne s'ouvre dans
mon propre visage

« De quelque chose ! De n'importe quoi !

— Je ne peux pas. J'ai beau essayer, je
ne peux pas. Pour me souvenir, il faudrait que je
sache où je suis. Oui. Maintenant je vois que tu es
là. Es-tu là ? N'est-ce pas, tu es là ! Aide-moi !
Aide-moi à ne pas m'enfoncer à nouveau !
Eva !

— Quoi ?

— Combien de temps s'est-il passé ? »
le visage qui est devant moi, dans ce visage,
les yeux se mettent à vibrer, regardent dans tous
les sens, comme pour chercher quelque chose

« Je
ne sais pas. Il ne s'est pas passé de temps. Ou très
peu.

— Mais combien ?

— Une minute. Peut-être
une minute.

— Depuis combien de temps ? Quelle
heure est-il ?

— Minuit et demi. Minuit et demi

passé d'une minute. »

dans ce cas, tout va bien : je suis sauvé, une minute s'est écoulée, le temps n'est pas immobile.

« Essaie de parler ! D'accord ? Ou préfères-tu que je te parle, moi ?

— Non, pas ça ! Je serai pris par les automatismes ! »

elle a peur de moi, je déraille, mais comment lui expliquer ?

« Quels automatismes, chéri ?

— Je ne sais pas. C'est ce que je sens. Chaque fois que quelque chose commence, cette chose devient aussitôt indépendante de tout le reste et se transforme en un processus, mais, quel que soit ce qui commence, j'aboutis toujours au même point. Tu comprends ? À cette ligne. Si chaque fraction de seconde n'apporte pas du neuf, je repars immédiatement dans mon circuit, je te perds et je retourne là-bas. Tu comprends ? Je perds le sentiment de ta réalité, mais je sais bien que tu n'es qu'apparence.

— Tu sais, chéri, ce que tu devrais faire ? Tu devrais compter !

— Compter ?

— Oui.

— Tu te souviens des chiffres ?

— Oui.

— Alors, essaie de compter. D'accord ?

— *Un, deux, trois, quatre, cinq, six, sept, huit,*

neuf, dix, onze, douze, treize[*].
— Très bien ! Continue !
— *Treize, quatorze, quinze, seize*[*].
— Continue ! »
c'est le temps qui sautille avec toi en passant d'un chiffre à un autre, tu peux les énumérer tous, mais quand j'arriverai au bout, en passant d'un chiffre à l'autre,
non !
si pour passer, le temps doit parcourir tous les chiffres, alors non, je ne peux pas me servir de ça, je ne peux pas compter comme ça pendant cinq ou dix ans, mais pourquoi ai-je compté en français ? pourquoi pas en hongrois ?
je ne veux pas le savoir ! pourquoi ne veux-tu pas le savoir, chéri ? rappelle-toi ! quoi ? pourquoi pas en hongrois ? pourquoi en français, pourquoi as-tu compté le temps avec des chiffres français ? Je ne sais pas ! Souviens-toi ! Je ne peux pas. Je ne peux pas me souvenir de quelque chose que je ne sais pas. Pourtant, il doit bien y avoir une raison pour que j'aie compté en français et non en hongrois. Une raison cachée, chérie. Car je ne me rappelle rien. Souviens-toi ! De quoi ? Qui me le demande ? Tes instincts. Chérie, mes instincts entendent clarifier leurs origines. Instincts hongrois ou instincts français ? Ce que je suis. Mais quoi ? Quelqu'un passe son temps à me questionner. C'est moi qui

* En français dans le texte.

103

m'interroge. Mais je n'en sais rien. Ni en hongrois, ni en français. On ne compte pas le temps. Pendant que je comptais en français, aucun de ces chiffres n'affectait le temps ; j'étais soit devant, soit derrière, mais jamais dans le temps. On ne peut pas, à l'aide de chiffres, atteindre le temps. Parce que je ne peux pas m'arrêter. Parce que incapable de me repérer. Pas de répit. La force pousse ma logique à démontrer des choses qui me sont inutiles. Je marche, mais je n'avance pas. L'essentiel se manifeste toujours par le superfétatoire. Je dois parcourir cette totalité, inutilement, afin de parvenir jusqu'ici. Il faut qu'elle me prouve qu'on ne saurait avancer, qu'il est vain de compter. C'est un concept que je dois abandonner. Ni avant, ni après. La preuve que fournit l'absurdité de sa propre absurdité. Un cercle qui ne me procure aucune expérience et sert uniquement sa propre vacuité. Pourquoi faut-il que je supporte tout ça ? Pourquoi me faut-il subir tous ces revers ? Pourquoi me faut-il, pris dans cette boucle, m'enfoncer toujours plus profondément et parvenir au même point ?

« Tu tiendras le coup, chéri. Ce n'est pas grave. Je suis à tes côtés. Je suis là. Tu tiendras le coup. Il n'y a rien de grave. »

C'est bien de l'entendre. Mais gare à cette séduction. Par son calme, par son assurance, par sa confiance. Elle m'attire là-bas, par son espérance, et je retombe là où j'étais. Elle m'attire vers l'arrière. Elle prolonge et remplit le temps de ma souffrance. Mais, petit à petit, je me cuirasse. Je ne peux plus croire qu'elle est réelle. Elle n'est, je le sais, que l'attrait qu'exerce l'instinct vital, lequel parle en moi, avec ses propres moyens, au même titre que la mort le fait avec les siens. Un dialogue. Mais ce dialogue ne peut s'éterniser. Le résultat final est là. Si je ne peux pas supprimer ce résultat, il me faut continuer. Et parvenir toujours au même point. Minute après minute. Ridicule ! Un concept ridicule provenant du passé. Elle n'a parlé de cette minute que pour me donner de l'espoir. Le désir de vivre lui sert d'atout contre la mort. Cette minute contre la mort n'est qu'illusion due à l'instinct vital. À moins qu'elle ne cherche par là à me tromper. Cela revient au même. Je sens que le temps s'est arrêté. Et je ne peux pas piétiner, patauger là-dedans jusqu'à l'infini. Il n'y a qu'à vérifier, pose-lui la question ! Non, je ne demande plus rien. Le temps passe, le temps se remplit, et toi, tu t'imagines seulement qu'il s'est arrêté. Non, ne demande rien, ta déception aggraverait ta folie ! Mais si tu le lui demandes, elle te dira l'heure !

« Eva !

— Oui, chéri.

— Il s'est passé combien de temps ?

— Depuis quand ? Il ne s'est pas passé de temps.

— Mais quelle heure est-il ?

— Minuit et demi. Il est minuit et demi, chéri. »

Oui. D'accord. Ça y est. J'ai vérifié, j'ai demandé. Il faut en finir.

« Chéri ! Écoute-moi. Essaie de te coucher.

De dormir. Essaie de te coucher. »

Non. Je mets fin à mes expériences. Je n'essaie plus rien. Cela suffit. Quoi que je fasse, j'arrive toujours au même point. Il faut en finir.

« Tu tiendras le coup. Il ne s'est rien passé d'extraordinaire. »

Il faudrait que je me quitte tranquillement, si je n'arrive pas à en finir.

« Va te coucher. Tu dormiras là-dessus et ça va passer. »

Non ! Je ne veux pas aller me coucher. Je ne veux plus entendre cette putain de voix !

Ça suffit ! Je n'en peux plus !

« Lorsque tu te réveilleras, tu retrouveras le monde comme il était. »

Non. Je ne veux pas qu'il soit comme il était. Il ne sera pas puisqu'il n'existe pas. Pourquoi faut-il que j'entende parler mes misérables voix ? Pourquoi dialoguent-elles, pourquoi est-ce qu'elles m'écartèlent, alors que je voudrais dépérir tranquillement, tout seul ?

Psychose schizophrénique.

Et voilà que ça se mêle de me donner une définition ! Je ne veux pas ! Je ne veux pas ! Laissez-le se quitter ! Tu es enfermé ! N'entends-tu pas, espèce de salaud ? Laissez-vous vous quitter !

Sur une surface noire et lisse, encadrée de blanc, taches blafardes et plans lumineux se découpant nettement. Dehors. Mais je ne vois pas dehors. Dehors, c'est la nuit. Reflets de taches fondues enchaînées sur la vitre de la porte du balcon. Parce que dehors, c'est la nuit. Et la chambre se reflète dans la vitre. Cette chose qui vient de hurler, de tonner en moi, reflue lentement et, au fur et à mesure qu'elle retourne dans sa pénombre, sa place est occupée par le silence de cette chambre ; un spectacle immobile. Je sens qu'à mesure que la chambre prend place en moi, je reviens à moi-même, à ce que j'étais. Je suis là, debout, et cela n'a rien d'extraordinaire. Je suis à peu près au milieu de la chambre. Non seulement je vois, mais aussi je sens, avec la plante des pieds, avec ma peau, que je suis là, debout, et cela n'a rien d'extraordinaire. Je peux lever le bras et cela n'a rien d'extraordinaire. Ensuite, je peux le baisser et je peux sentir mes mouvements. Je sens la réalité, elle est, certes, encore fragile en moi et je crains de la perdre à nouveau, mais elle est indubitablement présente dans la chambre et revenue en moi. Il faut que je fasse attention avec mes mouvements, il ne faut pas que je bouge trop, de peur de tout perdre. Le lit vide, les plis du drap blanc. L'égale diffusion de la lumière, son éclat sur les arêtes des objets. C'est aussi un système. La réalité est le système le plus sophistiqué : les perceptions transportent l'homme de proche en proche sans même qu'il s'en rende compte. Si je suis ici, je ne peux pas être là-bas. Telle est la loi de la réalité. Et pour aller d'ici à là-bas, je devrai passer par les innombrables particules de l'espace qui me transmettront de proche en proche. C'est ça, le temps.

« Va te coucher, chéri. D'accord ? Tu dormiras un bon coup et ça va passer. Quand tu te réveilleras, tu trouveras le monde tel qu'il a toujours été. »

Il l'est déjà. Plus que jamais, puisque ça me réjouit. Je me réjouis d'entendre sa voix, qui se fond si doucement dans le silence de cette chambre et de mes pensées. Je tourne la tête de côté et, lentement, au rythme de mon mouvement, le spectacle se détourne. Donc, je peux tourner la tête, c'est bien réel, et si j'entends sa voix, je peux la regarder. Elle est debout devant la table. Oui, la table. Où elle était assise. Et tout cela est tellement simple et naturel que cela ne l'étonne même pas. Elle a seulement le visage fatigué : la fatigue se lit dans son sourire. Comme j'étais faillible et misérable tant que j'étais seul. Mais à force de lutter, de se débattre, elle m'a ramené ici. Et ça l'a épuisée. Ce serait bien de s'approcher d'elle, de la toucher. Mais tout ça est fragile ; et j'ai peur de perdre en moi ce système simple et fragile des sensations réelles. Les doux traits de son visage, ses seins dans ce corps trapu, presque difforme, ses seins prêts à tressaillir, et cette chair nue qui, avec son halo sombre, confère de la tendresse à ce grand corps. Mais, après tout, je peux la toucher ! Je fais un pas vers elle, et ce pas n'est pas autre chose qu'un pas vers elle.

« Eva ! Je crois que je ne te l'ai encore jamais dit. Je t'aime énormément. »

Le visage serré entre mes mains, elle prend acte de ma déclaration ;

entre mes mains, son sourire apparaît ; mes paumes sentent la chaleur de sa peau, et ce sourire semble ouvrir son visage, se faufilant lentement à travers la fatigue de la matière, à moins que, bien au contraire, il ne dénote une grande fatigue, ma déclaration n'ayant su la ressusciter ; son sourire routinier, une défense polie contre mes sentiments. Quel long chemin parcouru pour parvenir à l'amour ! Pas étonnant que ce pénible trajet ait éteint son amour. L'amour qui m'a ressuscité. Comme tout cela est ridicule ! Circulation dans les deux sens sur une même route. S'en rend-elle compte ? D'une façon générale, peut-elle sentir à quel point je l'aime ? Avec quels mots, avec quels gestes exprimer cet amour ? Comment effacer cette fatigue sur son visage ? Comment réparer les torts que je lui ai faits ? Comment chasser la tristesse que mon indifférence, mon immobilité, ma folie lui ont causée ? Jusqu'à présent, elle a lutté pour moi, et c'est à moi désormais de me battre pour elle. Deux voix qui ne sont jamais au diapason. Je connais ça. Mais n'est-ce pas cette lutte l'un pour l'autre que nous appelons amour ? Après tout, ce n'est qu'un mot. N'est-ce pas la lutte qu'elle poursuit pour moi que j'aime en elle ? Moi aussi, j'ai lutté pour elle, contre moi ; j'ai souffert pour l'atteindre, elle, ne serait-ce que pour un instant, elle qui n'est pas moi ! Mais pourquoi tout cela est-il tellement lié à la matière ? Pourquoi l'amour ne peut-il pas s'aimer lui-même — en elle ? Pourquoi ne puis-je pas percevoir ce qu'elle est

sans moi,

seulement

elle ! seulement pour elle-même !

Non ! Attention ! À me mettre à raisonner ainsi, je fais se prolonger le temps ! Ce qui s'est passé n'est rien d'autre que le temps de l'amour. La lutte pour moi, pour elle. Avec elle, contre moi. Rétrospectivement : quel temps agréable, amusant ; les aventures amusantes de l'illusion volontaire. Le temps de l'amour qui a éteint le vrai temps. Le temps qui a cessé, qui a lutté contre lui-même pour ressusciter en moi l'amour mort, dégénéré en sexualité. C'est ainsi qu'elle me restitue le temps qu'elle m'avait dérobé. Grâce à son amour, qui est son être réel et nommable.

Comme c'est beau ! Nous sommes ici. La nuit, dans une ville. Dans des niches semblables à celle-ci, des animaux semblables à nous passent la nuit. Des chambres. Des humains. Mais aucun d'entre eux ne peut savoir ce qui se passe ici. Ce qui se passe ici ressemble certes à ce qui peut leur arriver à eux, mais aucun d'entre eux ne peut rien en savoir. Le miracle de la variabilité du réel : nous sommes ici tous les deux.

« Es-tu fatigué ? Tu es sûrement fatigué, chéri. Essaie de dormir. Je reste avec toi. D'accord ? Rien de mal ne peut nous arriver. Je m'assieds, ou, si tu veux, je me couche à côté de toi. Va te coucher. Tu veux bien ? Essaie de dormir, chéri. Tout va bien. »

Non. Elle ne sent rien de ce que je ressens. Mais cela ne fait rien. Le temps continue. Dormir. Se reposer. Avec elle. Dans le temps de l'amour. Le lit. Voici le lit, il faut bouger.

Je sens encore sa main sur moi ; en lâchant mes épaules, elle les a délivrées du poids de ses bras. Je sens encore sur mes paumes la chaleur de ses joues. Le lit. J'ai choisi dans l'espace un point que je peux atteindre.

Elle se penche sur moi, sa poitrine touche la mienne. Si elle se penche sur moi, c'est que je ne suis pas en position verticale, mais horizontale. Sans doute suis-je couché. Dans le lit. Oui, j'avais choisi un point dans l'espace et je l'ai atteint. Mais quand ? Le moment où je me suis couché, le rythme, se sont perdus quelque part dans l'espace. Peu importe. Sans doute, en me couchant dans le lit, me suis-je à nouveau enfoncé.

« Veux-tu que je t'apporte de l'eau, chéri ? N'as-tu pas soif ? De la limonade ? D'accord ? Ou de l'eau ? N'as-tu pas soif ? » quand même, je me sens bien plus simple, bien plus lucide que tout à l'heure. Limonade. Des pépins de citron au fond d'un verre. Elle apporte de l'eau. Tout à l'heure, j'ai été submergé par une vague de sentimentalisme, mais à présent, je suis tout simplement là, couché dans ce lit. Cela n'a rien d'étonnant : abandonnant mes horribles fantasmes, je me suis laissé bercer par l'idée d'une possible rédemption. Heureusement, je n'ai pas été pris au sérieux. Il faut soit dormir, soit être plus vigilant.

Un son de cloche retentit à mes

111

oreilles,

silence,

et puis, un second.

Deux coups.
C'est tout. J'entends grincer les rouages. Puis,
silence. Cela veut dire qu'il est la demie. La
demie de quelque chose. Le temps m'empêche de
dormir. A-t-il voulu me donner un signal ? À
moi ? Me signaler que je n'avance pas, que je me
l'imagine seulement. Mais pourquoi réfléchir à
ça, alors que je voulais dormir ? Il me faut veiller
à ne pas quitter cette réalité, à ne pas reperdre
pied, et alors tout ira bien. La cloche n'a marqué
le temps que pour m'empêcher de dormir. Il faut
que je garde en permanence conscience de ce qui
est, je ne peux pas dormir, si je m'endormais, je
perdrais le temps. Je suis là, couché, et si je reste
couché en permanence, cela signifie que le temps
passe. Mais comment en prendre conscience ?

Je
suis là, couché.

Je suis là, couché.

Mais si je suis là,
couché, en permanence, alors, je ne peux pas sentir le fait d'être couché là, car ce n'est rien d'autre
qu'un nouvel automatisme, l'automatisme de
l'être-couché-là, ça se répète, l'être-couché-là se
répète. Identité. Je suis couché là dans un temps,
comme dans l'autre, donc je ne peux pas distinguer un temps de l'autre. Je ne peux pas savoir
si ce qui est n'est pas identique à ce qui était.

Il
faudrait regarder l'aiguille des secondes. Y a-t-il
une aiguille des secondes sur ma montre ? Oui.

Donc, je me souviens. Il me suffirait d'étendre le bras jusqu'au radiateur : ma montre est sur le dossier, avec l'aiguille des secondes. Mais si j'étendais le bras, fût-ce avec d'infinies précautions, je ferais un geste et je ne serais plus là, couché. Si je n'étais plus là, couché, immobile comme je suis, le processus pourrait recommencer, je pourrais ne plus savoir où je suis ? ici ? ou là-bas ? Ce geste me ferait retomber dans mon propre piège. Attention ! Mais suis-je déjà pris au piège ? Il faudrait harmoniser les contraintes. Ce n'est pas possible. Rester couché là, et qu'à chaque fraction de seconde il se passe quelque chose. Pendant que je resterais là, immobile, chaque événement ne se déroulerait en moi que pendant un temps déterminé, laissant aussitôt la place à l'événement suivant, et je n'aurais pas à regarder ma montre ; je serais moi-même objet immobile, la montre, et le mouvement, le tic-tac de la montre signalant le temps en moi ; l'événement mesurerait le temps, avec moi, qui serais identique au mouvement. Je serais le lieu des événements se déroulant en moi, le lieu en même temps que la mesure et l'objet. L'identité pleine et intégrale : cessation de l'opposition entre dedans et dehors. Où l'on n'a plus besoin du temps ! Une nouvelle idée fixe. L'essence en est la même : en vain m'efforcé-je d'atteindre l'immobilité ou le mouvement, le temps ne peut prendre place en moi qu'avec l'immobilité de ma mort, mais je suis encore, j'ai beau rester là immobile, je suis, mes pensées bougent, même si le temps s'est arrêté, comme si je n'étais plus. Comme si, à minuit et demi, j'avais cessé d'être.

Mais je le sais désormais : si je suis incapable de provoquer ma mort réelle, alors, pour sortir du système de mes idées fixes, il va me falloir saisir non pas le constant, mais le variable de la réalité, ce qui n'est pas répétition du déjà advenu, mais rupture avec le cercle des répétitions. Il me faut trouver ces points variables. Jusqu'à présent, j'ai su me sauvegarder, à partir de maintenant, il faut m'efforcer de trouver un de ces points.

L'eau.

Peut-être l'eau ! Elle est allée chercher de l'eau pour moi. Limonade. Il y a déjà eu de la limonade. L'eau. Mais l'eau n'est pas un motif nouveau, elle est un motif récurrent du système. La femme donne de l'eau à l'homme en détresse. C'est un schéma. Elle est déjà sortie une ou deux fois pour revenir avec un verre d'eau, sortie pour revenir avec un verre d'eau. Répétition du schéma. Si tout se répète, tout phénomène, toute image, tout geste est un motif inconscient du système. Un motif dont la description schématique symbolise quelque chose. Elle est motif, je suis motif. Notre rapport est également motif. Elle répète des gestes déterminés, pendant que je parcours un circuit déterminé. Chacun de nous deux part d'un point pour y revenir. Ces deux circuits en boucle sont aussi incapables de se rejoindre que de se détourner l'un de l'autre. Ce qui symbolise le fait que, même si nous n'arrivons pas à nous rejoindre, nous avons besoin l'un de l'autre. Au moment où, tournant en boucle, j'arrive à la mort, elle, sur sa propre boucle, arrive à un geste, et ce geste m'incite à vivre, à repartir pour un tour. Avec une apparence de réalité, car cela semble être, non pas la reprise, mais une variation *sui generis* d'un de ses gestes d'autrefois. L'apparence de la nouveauté me délivre du système de mes répétitions. Le geste est un motif. Motif de l'eau, de l'étreinte, de l'encouragement : donc matière, idée de matière, ou idée pure. Mais, au fond, ces motifs ne symbolisent rien d'autre que la lutte de la femme pour la poursuite de la vie. Ces gestes admettent un nombre infini de variations. Ne pas se rendre compte de leur identité essentielle serait une erreur. Ce sont des motifs symboliques. Et plus je lutte pour l'univocité du sens de la réalité, plus je m'enfonce dans le sentiment de la plurivocité symbolique. Parce que je pense. C'est en vain que je lutte contre mes propres pensées. Je pense, donc je ne peux rien refuser ni accepter définitivement. Car ma pensée est le temps lui-même. La suppression de ma pensée supprimerait du même coup le motif du temps en moi-même, donc mon existence. Mais elle s'oppose à la suppression de mon existence. Elle qui, d'un certain point de vue, est à la fois un motif personnel et impersonnel de mon système. Quand elle apparaît sous une forme personnelle, elle m'attire vers la cessation, la résolution, la délivrance de la vie, donc elle symbolise la mort. Quand elle apparaît sous la forme d'un motif, elle s'oppose à la mort, et symbolise la vie, l'amour. Et c'est en me débattant entre ces deux pôles que je tourne en boucle.

Réel et irréel ne constituent donc pas deux systèmes indépendants l'un de l'autre. Bien au contraire, ils font tous deux partie d'un grand système, car l'un n'existe que par rapport à l'autre. C'est seulement dans le système de l'irréel que je peux accorder le statut de réalité à ce qui est différent. Et c'est seulement en évoluant dans le système relationnel du réel que je peux considérer comme irréel le spectacle qui s'offre à mon regard. En m'efforçant donc de séparer le réel de l'irréel, je suis victime d'une idée fixe, d'une idée fausse, d'une erreur de logique. Je n'ai rien à faire d'un savoir définitif. En effet, je ne peux me mouvoir que dans un seul système à la fois, celui que j'ai choisi. Je ne peux pas évoluer dans les deux en même temps. Il doit exister un point stable entre les deux, d'où il est possible de contempler les deux, mais croire qu'on peut trouver ce point serait une illusion. Si j'évolue à l'intérieur d'un seul système, celui de mon choix, les motifs, les gestes et les images réduits à leur essence y prennent place de façon à ne renvoyer qu'à eux-mêmes. Dans le système où je me meus actuellement, tout semble indiquer que le temps s'est arrêté. Et je suis obligé de suivre cette indication, obligé de devenir la victime de ce système que j'ai fait mien, jusqu'à ce qu'un autre système ne me fasse comprendre que le mien n'est pas le seul, qu'il en existe d'autres. Donc, il n'y a pas que moi, il y a aussi elle. Cette découverte, qui me surprend, comme toute nouveauté, me fait sortir de moi-même pour un instant, mais pour la comprendre vraiment je dois, une fois de plus, m'appuyer sur moi, sur mon propre système, et me voilà qui repars en boucle et arrive au même point, là où l'automatisme de la pensée déclenche la conclusion finale : s'il n'y a pas, dans l'espace, en l'occurrence dans l'espace de la pensée, de la place nouvelle, alors il n'y a pas non plus de temps nouveau ; ou, pour mieux dire, si l'espace et la place sont les mêmes qu'autrefois, il en est de même en ce qui concerne le temps ; le temps s'est arrêté. Le temps n'existe pas. Bien sûr, je sais que le temps ne s'est pas arrêté, qu'il ne s'est arrêté que dans mon système à moi, mais ce fait qui semble irréel dans la logique de l'autre système, je suis obligé de l'admettre, de le considérer comme réel, car je suis incapable d'atteindre cet autre système où le temps avance ;

elle mettrait si longtemps à m'apporter de l'eau ?

Tout ce qui me semble indiquer que le temps bouge, en dernière analyse se révèle faux : mon temps se prolonge à l'infini, donc il s'est arrêté.

Et pourquoi fait-il noir dans cette chambre, alors que, tout à l'heure, il y faisait clair. Qui a éteint la lampe ? Elle, en sortant d'ici ? Elle m'a laissé sous prétexte de m'apporter de l'eau. Mais il n'y a là rien d'effrayant. Cela me prouve seulement qu'elle m'a trompé, que son apparence m'a trompé. Je suis prisonnier d'une illusion réelle, l'illusion qu'elle est avec moi, à mes côtés. Quand elle est avec moi, j'en souffre, quand elle est absente, je souffre aussi. Je souffre de ne pas avoir pu me résigner au fait que l'illusion est réalité, l'autre face de la réalité. Je ne pourrais m'y résigner qu'en élucidant la vraie signification de ce fait. La pensée peut, ne serait-ce qu'à titre expérimental, se mouvoir dans deux systèmes à la fois. Confronter les deux faces opposées de la réalité. Réfléchissons. L'illusion qu'elle n'est pas là reflète vraisemblablement le fait que, tandis que je me crois dans cette chambre, existant dans un temps immobile, en réalité, je ne suis plus là depuis longtemps, je suis ailleurs. Là où l'on garde les fous. Mais je ne peux pas me délivrer de l'idée que je suis ici. Et si je suis là-bas, c'est parce que j'ai été incapable de me délivrer de l'idée fausse que j'étais ici. Bon. Pas ici, là-bas. Mais où ? Puisque je ne vois que ça ! Ce qui est ici ! Si j'étais capable de leur expliquer, à eux, qui existent sûrement, qui s'occupent des fous, de moi ; si j'étais capable de leur expliquer cette ligne que suit ma logique, nette et toujours retournant en elle-même ! alors ils pourraient avoir un aperçu de mon système, entrer dans la logique de la folie ; alors mes gestes ne leur paraîtraient pas obsessionnels, car ils comprendraient que, pour moi, le fait de fixer un objet ou de sautiller sur place a une signification tout ce qu'il y a de plus réelle ; ils sauraient que, loin d'accomplir des gestes obsessionnels, je contrôle le temps, ou j'essaie de me jeter du haut du balcon, ou encore, tout simplement, je lutte pour me sentir moi-même. Mais c'est précisément cela qui me rend fou, qui me distingue d'eux, de ceux qui croient que le temps avance

ils ne se sont donc jamais demandé vers quoi il avance ?

or, c'est précisément ce qui me distingue d'eux, je ne peux les laisser pénétrer dans mon système, car celui-ci me remplit intégralement, sans faille. Car je suis moi-même l'idée obsessionnelle de moi-même. L'identité complète.

Le son tranquille de la cloche traverse l'espace. J'attends le coup suivant. Il retentit. Pas d'autre son.

Donc, ce que je prenais pour du bruit extérieur vient de l'intérieur. C'est un motif. Je me donne à moi-même un signal d'avertissement, par le truchement de la cloche. C'est en vain que je réfléchis, que je me rends compte de la nouveauté de mes découvertes, nouveauté bientôt intégrée dans le système, le temps est toujours le même, il est toujours la même heure.

Mais, pourquoi attendre toujours qu'il se passe quelque chose de différent ? Pourquoi ne puis-je pas me résigner à en rester à ce stade de l'aperception ? Me résigner ! Ridicule, mais il serait quand même bon de connaître le temps que s'imaginent vivre ceux qui se sont définitivement persuadés de sa progression. Il serait bon de le connaître, car depuis que je me suis détaché d'eux, je ne le connais plus. Au fond, il n'y a pas de différence entre eux et moi, sinon celle de nos systèmes de références. Ils ignorent tout du temps de l'univers, du Grand Système, et moi, j'ignore tout de leur temps.

Peut-être est-ce la nuit.

Si je ne sens pas auprès de moi l'apparence de cette belle femme, cela signifie que le monde extérieur ne veut pas, en ce moment, agir sur moi ; ce qui signifie aussi que si le monde extérieur, qui, à l'heure actuelle, est un asile de fous, a un effet quelconque sur moi, cet effet ne se présente pas sous la forme d'une réalité, mais sous celle de cette belle femme sortie de mon passé. Sans doute me donne-t-on à manger, me baigne-t-on, s'emploie-t-on à maintenir mon être physique, mais, quand on me donne à manger, quand on me baigne, donc, quand on exerce un effet sur moi, ce que je vois, ce n'est pas la forme réelle de cet effet, mais mon idée fixe, à savoir cette belle femme. Mais elle ne se manifeste pas à l'heure qu'il est, je ne vois que cette chambre plongée dans l'obscurité, l'espace objectif de mon idée fixe ; sans doute croit-on que je dors et me fiche-t-on la paix, alors que j'ai les yeux ouverts, puisque je vois la chambre. Ce serait bien s'ils me fichaient une bonne fois la paix, car dès que la femme sera réapparue, la force entrera en action, mes penchants se mettront à l'œuvre et me rendront à nouveau crédule et par là vulnérable : je serai incapable de distinguer entre ce que je sais et ce que j'ignore et l'incompatibilité entre les deux me conduira à la mort, je vivrai réellement l'illusion de ma propre mort, chose que je ne peux ni provoquer, ni supporter. Si on me laissait en paix, je pourrais attendre tranquillement ma mort. Eux, ils font la même chose, ils attendent. Mais, en attendant, eux au moins s'amusent grâce à un système de motifs bien plus riche que le mien.

Moi, j'ai perdu la sensation de moi-même, je pense seulement que je suis.

C'est pourquoi je suis incapable de sentir les autres.

Me voici réduit

aux motifs fondamentaux.

C'est pourquoi je ne sens pas ce riche système de motifs qu'ils appellent vie. C'est pourquoi n'existent pour moi que des symboles et pas la réalité.

Ma vie est la répétition de motifs symboliques, une constante et complète identité intérieure.

C'est pourquoi le temps n'existe pas.

Mais je sais autre chose. Le temps existe. Naissance et mort. Naissance et mort des motifs. On appelle homme une certaine variation des motifs naissants et mourants par l'effet des variations humaines. Les hommes sont les variantes d'un même geste. Le geste est le mouvement rythmiquement répétitif de la force : expiration, inspiration ; naissance et mort. Ce rythme est appelé temps par l'homme. Dans le rythme, l'homme entre en contact avec d'autres variations du geste, lesquelles, étant motifs du geste, naissent et meurent à leur tour : pierres, arbres, animaux. C'est cette relation qu'on appelle vie. Mais le tout n'est que répétition rythmique faisant varier une seule et même chose.

Moi, j'ai perdu le contact avec les autres variations du geste, variations dont la connaissance est aussi amusante qu'impossible dans ce rythme appelé temps. Je ne sens que le geste, le rythme, la force vide dans la forme vide.

À ceux qui ne voient que les différences, la variabilité des motifs naissants et mourants, ce rythme arraché à l'infini par la nomination, et qui pourtant en est

121

inséparable, peut paraître bref ; ils disent que la vie est brève, puisque le nombre des variations qui les entourent est infini et que ces variations sont inconnaissables. Il existe donc un Beaucoup, par rapport auquel ils n'ont qu'un Peu. Je ne connais pas les différences entre les motifs, mais, ayant participé à la quête éperdue de la connaissance, je sais qu'elles existent, et je sais également que variabilité ne signifie pas différence essentielle, mais, bien au contraire, identité essentielle. Donc, pour moi, le temps qui me sépare de la fin du rythme, de ma mort, paraît long, car en moi le geste ne voit et ne connaît pas d'autres variations que lui-même.

Si les variations sont les motifs infinis, d'essence identique, d'un même geste, comment pouvons-nous dire que le temps existe ?

Mais si, moi-même variante d'un geste, essentiellement le même dans chacun de ses motifs, dans chacune de ses variations, je suis capable de percevoir et de comparer d'autres variations, comment puis-je affirmer que le temps n'existe pas ?

Me voici empêtré. Empêtré dans ma propre logique. Une fois de plus. De nouveau, les mêmes motifs, les mêmes stations de la logique.

Il me faudrait renoncer à cette idée du temps réel, je me sentirais alors apaisé. Me détacher définitivement du système dans lequel j'ai vécu, de leur système. Mais, dans l'état actuel, je suis ballotté entre deux systèmes. Le sentiment de cette incompatibilité m'est insupportable. Insupportable. Je vais sans doute recommencer à sautiller, à exécuter des gestes qu'eux ne peuvent pas comprendre. Tuez-moi, je vous en prie ! Pourquoi ne me tuent-ils pas ? Pourquoi me laissent-ils me débattre ainsi en moi-même ?

Ils ne me tuent pas. Je suis contraint de continuer à penser, ce que je ne supporte plus. Il faut que je me tue. Mais ce n'est qu'une pensée. La pensée récurrente du suicide. Un motif. Le symbole de l'incapacité de vivre, de l'incapacité de mourir. Mais ce n'est qu'une pensée. Non, je ne supporte plus ça. Je suis devenu fou. Encore une chose que je sais. Je le sais. Et je l'ai su déjà ; pourquoi faut-il que je sache toujours la même chose ?

Ainsi, la folie n'est rien d'autre que l'impossibilité constante de se réconcilier avec le temps. Avec la certitude et l'incertitude.

Je le sais. Je l'ai su. Pourquoi faut-il que je le sache de nouveau, pourquoi je ne bouge pas ? Je suis dedans, une fois de plus. Je suis revenu à mon point de départ.

Mon Dieu ! Ce mot. Ce mot n'est pas identique à ce j'ai pensé jusqu'ici.

Si seulement je savais prier ! La prière est répétition. Automatisme de la répétition de mots bien rodés qui te dirige vers toi-même, ce dont je veux justement me délivrer ! Mais dans ce cas, tout, absolument tout ce qui me vient à l'esprit n'est que moi, et donc me dirige vers moi-même, toujours au même endroit.

« Musique ! Veux-tu

entendre de la musique, chéri ? Entends-tu ma question ? Entends-tu ? Musique ! Un disque de jazz ou un disque de Mozart ? Entends-tu. Musique ! Chéri, réponds, chéri ! Veux-tu un disque de jazz, ou un disque de Mozart ?

— Mozart. »

C'est le silence.

Il me semble que j'entends des voix venues de loin : elles s'approchent, pourtant, je ne bouge pas. Mais je vois les voix, elles roulent vers moi dans un bruit de tonnerre : des voix ! des voix quelconques ! Plusieurs voix, une foule de voix isolées qui, pourtant, forment une masse énorme. Elles sont là, elles me submergent, telle une immense vague emportant mon corps, des voix que je vois, comme c'est étrange, je vois les voix ! masse ondoyante de minuscules particules gris clair ; bientôt, elles abandonnent mon corps, ne l'entraînent pas plus loin et par-dessus lui continuent leur chemin, mais ce n'est pas fini, de nouvelles masses arrivent qui me font à nouveau prendre conscience de mon corps ! il gît sous le flux incessant des voix, et je vois les voix, je vois cette masse grise, sonore, composée d'une myriade de particules qui, tout en passant par-dessus mon corps, comme une vague, semblent se livrer un âpre combat, s'étreignant et se déchirant mutuellement, donnant chaque fois naissance, délivrance ! à une nouvelle voix, à un nouveau scintillement, la délivrance ! cette troisième voix destinée à son tour à disparaître dans la grisaille de la foule ; elles sont toutes comme ça, chacune doit s'arracher à l'autre, chacune prisonnière d'une autre ; mourantes, retournant

dans la grisaille, elles font naître alors le scintillement des particules qu'elles délivrent ; chaque
scintillement se manifeste sous une forme diffé-
rente au sein de la foule déferlante et se réfracte
différemment en retombant ; chacun suit la trajec-
toire prédéterminée de son éclat et de son extinc-
tion ; et c'est ainsi, ces trajectoires lumineuses
s'entremêlant, que l'aléatoire aboutit à un système et que tout avance. Je vois.

Je vois la
chambre, le lit, mes jambes, et, à travers la porte
ouverte, les plans lumineux qui se fondent dans
les ombres. Et j'entends ce grondement qu'embrasse mon regard, grondement à la fois lourd et
léger ; que le regard embrasse ; l'avance des arcs
se liant et se déliant, vers un point que je ne peux
pas connaître, car extérieur à moi, se situant au-
delà de moi, je vois les voix et je vois la chambre ;
et, simultanément, l'espace extérieur et celui qui,
venant de l'extérieur, envahit bruyamment la
chambre ; et je vois son corps, elle est debout
dans les vagues des voix ; c'est son corps qu'elles
submergent, oui, ces voix qui avancent, oui, qui
avancent ; elle est au-dessus de moi, debout dans
ce grondement, et me tend le verre, mais elle ne
semble pas voir cette musique.

Elle ne peut pas la
voir. D'ailleurs, moi non plus, je ne la vois plus ;
elle s'éloigne et s'abîme dans les profondeurs,
avalanche tourbillonnante, grondement qui
s'éloigne, spectacle qui, dans le silence, me laisse
cette musique, la musique que j'entends, musique
qui organise et fait passer l'infinité du silence

dans l'ordre rigoureux et pourtant ludique de la finitude. Et elle est au-dessus de moi, avec son verre. Chaque son de la musique se constitue à partir du silence, sans s'y abandonner, en luttant contre lui, en se continuant dans l'élément suivant, pour éviter que je m'aperçoive qu'après avoir existé il est désormais obligé de s'éteindre ; lui qui a existé se renie et admet sa propre finitude dans sa propre continuation ; le son suivant et le suivant du suivant retombent, à leur tour, dans le silence, et tous ceux qui les suivront, qui les prolongeront, allongeant indéfiniment la liste des sons déjà advenus ; leur succession est si rapide que cette vitesse même, ce rythme semble renier ce dont il est issu, le silence ; mais le silence toujours se glisse entre deux sons successifs ; alors les sons s'efforcent de se suivre très rapidement, il ne faut pas laisser s'élargir cette brèche, empire du silence entre deux sons, il faut même la faire se rétrécir de plus en plus ! car le son sent que s'il ne se continue pas, si la brèche du silence s'élargit, il lui faudra retourner à ce dont il est né.

Alors, c'est fini. Alors je suis enfin sauvé. À moins que ce ne soit un nouveau motif, une nouvelle et récurrente illusion de la séduction ? Non. La musique a vraiment démontré ce que je n'avais pas réussi à résoudre.

Le temps existe, car la progression existe, puisque les choses s'accumulent.

Mais comment sait-elle que c'est toujours au moment où j'atteins ma mort qu'il lui faut prouver quelque chose ? C'est ainsi qu'elle me retient.

Elle est là, au-dessus de moi. Comme si elle y était depuis le commencement des temps, à me tendre ce verre d'eau. Cela ne peut être vrai. Être rappelé à la réalité par la musique de Mozart, ce serait trop beau, trop sentimental. Le scintillement d'un verre d'eau dans la musique et les formes parfaites de son corps. Trop beau.

Mais le verre, dont je ne voulais pas admettre la réalité, je le vois, je vois ma main, mes instincts prennent le verre de ses mains et je bois l'eau. Et, par-dessus le bord du verre, je peux voir l'angoissante attention de son visage se dissoudre dans son sourire. Je sens et j'entends la matière de l'eau qui, sous forme de gorgées, descend dans ma gorge, vers je ne sais où ; il me semble que je ne suis qu'une grosse tête, avec, au-dessous, le vide, l'eau s'écoule dans le néant, je vois pourtant le corps qui l'engloutit, je le vois, comme je vois son corps à elle, lorsque je le contemple par-dessus le bord du verre, le moment est venu de me montrer très rusé, il faut tromper ma folie, boire de l'eau c'est de l'automatisme. J'éloigne le verre de mes lèvres, j'aurais pourtant envie de boire encore, le vide brûlant qu'est ma tête voudrait encore de l'eau, ou peut-être pas l'eau, seulement l'automatisme de la déglutition de l'eau, et ça, je ne peux pas le lui permettre.

« En veux-tu encore ?

— Non.

— Moi aussi, j'ai très soif. »

Au-

127

dessus de moi, elle boit le reste. Son bras s'étend quelque part, mais ce quelque part est en dehors de l'image. Toc. Le verre a fait toc. Oui. C'est la table de nuit, elle se trouve en dehors de l'image visible, mais si je tournais la tête, je la verrais. Je la vois. Et, posée sur elle, le magnétophone.

Mais alors pourquoi je n'entends pas la musique ?

Je l'entends, mais elle me touche moins. Venue de très loin, d'au-delà de la distance visible, elle avance cahin-caha sur un chemin accidenté, la menant je ne sais où. Sortir de cet automatisme indifférent des sonorités !

« Donne-moi une cigarette ! »

J'entends ma voix, mais je ne sais pas comment la cigarette m'est venue à l'esprit.

« Il n'y en a plus. J'ai fini le paquet.

— Quand ?

— Il y a un instant. Je les ai toutes finies. »

Elle ment. Elle me dit ça pour qu'il ne se passe rien. Pour que je reste dans l'automatisme des voix. Pour que je retombe là d'où je suis sorti. Pour que ce soit un nouveau motif, et que je reparte en boucle. Mais il est interdit d'accuser. Ce serait encore une répétition. L'accusation revient toujours à certaines étapes.

« Dans ma serviette. Je l'avais mise sous la chaise. Tu y trouveras un paquet de cigarettes. »

Elle se lève. Comment ma serviette a-t-elle pu

me venir à l'esprit ? Elle traverse l'image que je vois. Elle disparaît.

« Je ne la trouve pas. »

Je me redresse. Il me semble que je suis debout sur le lit, dans une image élargie qui représente la chambre. Je me mets en route, il me semble que je plane au-dessus des objets ; je ne sens rien, je vois seulement. Mais la porte ouverte du balcon est fermée. Une fois de plus, j'ai voulu sauter par-dessus la balustrade. Mais qui l'a fermée puisque, tout à l'heure, elle était encore ouverte ?

Parce que j'ai voulu sauter par-dessus la balustrade. Entre mes deux doigts, dans ma main, la cigarette. J'en tire une bouffée, mais je ne sens rien, je la vois seulement, je n'en perçois pas le goût. Depuis quand suis-je assis ainsi ? Oui, je suis assis ici, le dos appuyé contre le mur, et je fume cette cigarette, sans en avoir envie. Mais tout ceci n'est pas, cela a été. Le silence, le silence est tel qu'il me semble que c'est bien maintenant que je suis assis ici. Le cendrier, oui, le cendrier est là, sur le dossier. Dans ce cas, je suis quand même ici, car voici, à portée de bras, le radiateur, le dossier et, sur le dossier, le cendrier, ma montre et deux paquets de cigarettes. Il faudrait regarder l'heure pour savoir si je suis assis ici, ou si, au contraire, je ne le suis plus. Mais, pour une raison que j'ignore, j'ai peur ; j'ai peur de regarder l'heure, pourtant, ma main est déjà sur le dossier et laisse tomber la cigarette dans le cendrier. Mais pourquoi y a-t-il deux paquets de cigarettes sur le dossier ? Tout à l'heure, il n'y en avait qu'un, ouvert et vide, et maintenant il y en a un autre, plein. S'il y en a deux, je n'ai pas besoin de regarder l'heure, cela signifie que le temps passe. « Eva !

— Oui, chéri.

— Pourquoi y a-t-il deux paquets de cigarettes ? Que fait l'autre paquet, là-bas ?

— Souviens-toi, chéri. Essaie, essaie de te souvenir. Je t'ai dit qu'il n'y avait plus de ciga-rettes, que je les avais toutes fumées. Tu te sou-viens ? Et alors, tu t'es levé, tu es allé chercher ta serviette, tu l'as cherchée longtemps, parce que tu croyais l'avoir mise sous la chaise, alors qu'elle était entre le lit et le radiateur. Et tu l'as trouvée. C'est toi qui as pris l'autre paquet dans la ser-viette. Tu t'en souviens ?

— Je crois que je m'en souviens, maintenant que tu le dis, mais il se peut que je me l'imagine seulement. Mais il me semble que nous sommes réellement ici, en train de bavarder, même si, en fait, je m'entends monolo-guer.

— Non. Tu ne monologues pas, tu me parles à moi.

— À toi ?

— Oui.

— Et toi, tu existes réelle-ment ?

— Oui, je suis là, avec toi.

— Alors, appa-remment, ça va passer, lentement, car moi aussi, j'ai l'impression que tu es là et je te vois. J'aimerais beaucoup que cela passe.

— Bien sûr, ça va passer, chéri. Si tu essayais de dormir ! Tu devrais essayer de dormir. N'aie peur de rien, essaie seulement de dormir. C'est tout. Si tu essaies de te souvenir, cela ne te fait rien si je te parle ? Cela ne te fait pas de la peine ? si tu essaies de te souvenir, tu dois savoir qu'il ne s'est rien passé, nous avons juste fumé, et ce qui t'est arrivé, c'est à cause de la cigarette, mais ça va passer, et tu verras le monde comme il est. Cela ne te fait rien si je te parle ?

— Non. Je suis content de t'entendre, mais cela suffit.

— Alors, essaie de dormir, chéri. Dormir ! Est-ce que tu crois que tu pourrais dormir ?

— Oui. Je crois, c'est comme si j'étais malade et que tu me soignais. Mais je vais te dire, ne m'en veux pas pour ça, je vais te dire, et pourtant je sais que je ne devrais pas le faire, bref, je ne sais pas quelle est ma maladie, je sens seulement que je suis malade. Peut-être suis-je devenu fou, mais ce n'est qu'une hypothèse. Je crois que j'ai perdu la sensation du temps, pourtant, je l'avais, je m'en souviens, mais je ne sais plus comment c'était. Le temps s'est arrêté, le sais-tu ?

— Essaie de dormir, chéri, veux-tu ? J'éteins la lumière, pour qu'elle ne te dérange pas, d'accord ? »

Si elle éteint la lumière, il va faire noir. À propos : dans le noir, j'ai déjà vu cette chambre dans le noir, donc, c'est une répétition,

131

ou, pour mieux dire, c'est maintenant que j'entends ce que j'aurais dû entendre tout à l'heure.

« Non ! N'éteins pas ! »

Nous nous sommes parlé, me semble-t-il. Mais si nous nous sommes parlé, alors, elle est avec moi. Où ?

Debout, devant la commode. Tout à l'heure, il m'a semblé qu'elle était couchée à mes côtés et que nous bavardions, et, à présent, elle est là-bas, debout, on dirait qu'elle tient le réveil entre ses mains.

« Vois-tu ? Je remonte le réveil, voilà, voilà, tout doucement. Demain matin, il faut que je me réveille, parce que je travaille. Demain ? Tu vois, comme je suis bête, le temps se confond en moi aussi. Ce n'est pas demain que je dois me réveiller, mais aujourd'hui, puisqu'il est minuit passé. Voilà ! Je l'ai remonté ! Tu le vois ? Il va sonner. Parce que, malheureusement, demain, ce sera un autre jour, semblable aux jours précédents. Et il n'est rien arrivé de remarquable au temps. Veux-tu que je te dise l'heure ?

— Non ! Non ! Je ne veux pas le savoir !

— Je peux pourtant te le dire : il est minuit et demi. »

Je sens à nouveau des spasmes. Je vois mes mains qui s'agitent, mes pieds qui donnent des ruades. Je ne veux pas que cela recommence. Je ne veux pas m'agiter, ni ruer des pieds, c'est la folie qui provoque ces spasmes, et, pour les réfréner, je dois mobiliser ma volonté, je dois maîtriser mes pieds, alors, je me tourne et me retourne dans le lit et intensifie leurs mouvements. Quant à ma main, elle s'applique à tracer des cercles. Parce que je ne veux pas.

« J'éteins. D'accord ? »

Elle me le demande. Ou elle me l'a demandé. Mais si sa voix est si calme, alors que je me vois m'agitant et donnant des ruades, alors que je sens mon corps tour à tour tendu et relâché au gré des spasmes du non-vouloir vouloir, si sa voix est si calme, c'est qu'elle ne voit pas ce que je vois, et donc que je suis immobile et victime de mon imagination.

« J'éteins. D'accord ?

— D'accord. »

Qu'il fasse sombre ou clair, cela m'est égal.

À présent, il fait sombre. Dans ce cas, la réalité doit être celle-ci : elle a éteint la lumière et il fait sombre. Je vais dormir un bon coup et, le matin, tout sera comme avant. Non. Je ne peux pas dormir, car il me faut veiller. Une lumière grisâtre apparaît dans le rectangle de la vitre. Peut-être est-ce déjà l'aube. L'aube — encore un concept lié au temps. Donc, je ne peux pas savoir si elle existe. Je ferme les yeux pour ne pas y penser. Mais la noire immobilité est également en rapport avec le temps. Dans ce cas, il faut quand même attendre, les yeux ouverts. Il est interdit de vouloir. Mais si je ne veux pas vouloir, j'accomplis un acte volontaire. Je ne peux même pas me résigner sans le vouloir. Il faut m'abandonner. À n'importe quoi. À ce qui est. Mes yeux se sont ouverts. Je ne l'ai pas voulu et ils se sont ouverts. C'est ainsi qu'il faut faire, c'est ainsi qu'il faut être. Laisser la force fonctionner en moi, sans subir le frein imposé par la force de la volonté — de toute façon, ce serait peine perdue. Il fait sombre. C'est toujours la même nuit. La lumière dans l'encadrement de la fenêtre est grise, mais ce n'est pas l'aube, ce sont les réverbères. Il n'y a pas d'aube. Je me suis trompé. Ou je me suis imaginé des choses. Le temps n'avance certainement pas. Ce serait le moment de contrôler le temps. Ma montre est à la portée de mon bras. Je me redresse pour l'atteindre, mais je sens que je ne me relève pas, que je reste couché dans le lit, dans la même position. Je suis assis, mais je suis couché. Je suis couché dans le lit où je suis assis, dans la même chambre, où il fait sombre. Mais ça n'existe pas. On ne peut pas à la fois être couché et être assis. Il faudrait décider où je suis. Suis-je assis ou couché ? Il ne faut rien décider. Mais alors, qu'est-ce que c'est ? La chambre est immobile et silencieuse. C'est la nuit. Donc, j'ai dormi. Ou bien, j'étais dans une sorte d'étourdissement, mais maintenant je suis réveillé et je suis incapable de me souvenir du temps qui s'est écoulé. Cet édredon, je l'ai tiré sur moi en dormant. Non, ce n'est pas possible, tout à l'heure j'étais encore éveillé et l'édredon n'était pas là. Je le saisis avec mes mains, c'est un édredon réel. J'ai beau être couché, immobile, j'ai l'impression de tâtonner autour de moi, avec des mouvements rapides et saccadés. Me délivrer de ces mouvements ! Je me retourne sur le ventre. Ce faisant, je la vois, couchée à mes côtés. Elle dort, recroquevillée sous un autre édredon. Mais elle se réveille et me regarde, indifférente. Elle rejette son édredon et se lève.

« Où vas-tu ? »

Elle se lève.

« J'ai froid. Il fait plus frais. Je vais chercher un édredon. »

Mais pourquoi apporterait-elle un édredon si l'édredon est déjà là ? Et cet oreiller sous ma tête. Je ne sais pas comment il y a échoué. Elle ouvre la porte du hall. La porte reste ouverte et elle disparaît dans l'obscurité du hall. Sans doute est-ce là qu'on garde la literie. Mais quel édredon veut-elle apporter si l'édredon est déjà là ? Elle apparaît dans l'encadrement de la porte, serrant contre elle une masse informe de couleur blanche. Elle s'approche du lit et laisse tomber cette chose ; il me semble que son bras s'étend vers moi, je sens sur mon corps le poids de cette chose. Ah oui, l'édredon. Elle a jeté un édredon sur moi. Et elle me tend quelque chose.

« Mets ça sous ta tête. » Mais, je ne sais pas pourquoi, je suis incapable d'attraper la chose. Elle soulève ma tête et glisse la chose dessous. Dans l'obscurité, je vois son visage de tout près. Un oreiller. Mais comme si ce n'était pas elle, pas son visage ; elle me rappelle simplement quelqu'un.

Ma mère. La mort. Ce n'est pas elle qui est venue ici, mais c'est son geste qui a mis l'oreiller sous ma tête. Moi aussi, je peux fabriquer la mort, comme l'a fait ma mère. Je n'ai pas peur. J'y ai souvent pensé. La seule façon de me délivrer, c'est de me tuer. Tout cela est très simple. À présent, je ne sens pas mon corps, je ne sens rien. Donc, je basculerai, sans être sûr d'avoir déjà basculé ou d'être encore ici. Il y aura bien un moment extrême où tout ça cessera, sans que je puisse le voir ou m'en rendre compte. La porte du balcon est fermée. La chambre doucement éclairée par les lueurs qui y pénètrent. C'est ça qu'il me faut, une chambre paisible, celle-ci. Je suis couché sur le dos, dans le lit. J'y suis encore. Au-dessus de ma tête, dehors, quelque part, au-delà du mur, l'horloge du clocher frappe un coup. Puis un autre. Le temps. Le temps est arrivé, merci de me l'avoir signalé. Mais je suis couché sur le ventre, l'oreiller sous la tête. Je me retourne, je me dresse sur mon séant, mais j'ai toujours l'impression d'être couché sur le dos, dans le lit où j'étais étendu. Mais, après tout, je n'ai pas besoin de la porte. Je peux accéder au balcon en passant par la fenêtre !

Je suis debout dans le lit, donc je me suis levé, mais il me semble que je suis toujours couché sur le dos et je vois l'image élargie, l'image qui n'est rien d'autre que la chambre obscure vue de haut : il me semble que je suis debout sur le lit où je suis couché.

Du rebord de la fenêtre, je peux, par-dessus la sombre balustrade en pierre du balcon, voir en bas la rue où je dois m'écraser. Le balcon est étroit, donc je peux prendre mon élan à partir du rebord de la fenêtre. La rue est vide. La balustrade me cache la chaussée, je ne vois que le scintillement gris de la maison d'en face, la tache ronde de la rosace découpée dans la lourde masse de l'église et, en bas, le trottoir ; la chaussée où j'atterris, non ! la chute me procure une agréable sensation de légèreté, car, en fait, je flotte entre deux endroits, je ne suis plus ici, et pas encore là-bas. Un bruit mat, on dirait qu'on a jeté un lourd paquet de chiffons, mais non, c'était mon corps. J'entends aussi le bruit des pas qui se dirigent vers moi. Je n'aurais pas dû ! Mais c'est si bon ! ça bourdonne et

c'est noir

donc, c'est fait, c'est fini. Mais si c'est fait, pourquoi suis-je ici, couché ? pourquoi imaginer qu'il y a ici un oreiller, alors que j'ai cessé de vivre ? Ou alors, je vis et j'ai seulement imaginé être mort. Alors, ça continue. Je n'en peux plus !

Et pourquoi cette clarté ? Si j'ai

seulement imaginé ma mort, pourquoi la lampe est-elle allumée, pourquoi la chambre est-elle éclairée, alors qu'il y a un instant, elle était encore plongée dans le noir ? Si la chambre est éclairée, c'est parce que, ayant entendu le bruit mat de mon corps, elle a vite allumé, mais je ne suis plus là-bas, je suis ici, dans la rue, et je suis mort, seulement je vois en même temps la chambre. Elle se dresse sur son séant et regarde en direction du vent, un vent violent qui agite sa blonde chevelure ; elle tend le visage contre le vent et sourit, il me semble même entendre sa voix, pourtant, elle ne parle pas, ses lèvres ne remuent pas, seul son corps immobile se tend dans le bruit du vent, et, pourtant, elle semble parler, m'appeler par mon nom, alors même que sa bouche ne bouge pas.

« Tu vas tenir le coup, chéri. Il n'y a rien de grave. Ça passera. Il n'y a rien de grave. Tu vas tenir le coup. »

ce n'est pas elle ! c'est une vision ! tant mieux, je suis donc mort, mais si, après la mort, la même chose continue, alors à quoi bon mourir ? Comment me débarrasser de cette mort ? Il fait sombre. Je suis couché sur le ventre. Je vois l'oreiller et sa tête sur l'oreiller, et elle dort. Et je vois les motifs de la tenture murale. Ce sont ces motifs que je dois regarder. Ces motifs ne changent pas, ce sont les motifs de la tenture. Si je les regarde, aucun symbole n'apparaît. Mais de quels symboles s'agit-il ? Tout simplement, j'ai rêvé de quelque chose et, à présent, je suis réveillé et je suis couché ici. Quels rêves imbéciles. Si je regarde ces motifs et si je ne vois que le bord de l'oreiller, je peux être sûr d'avoir rêvé et d'être maintenant réveillé, je peux être sûr que c'est la réalité. Mais il me semble que je ne suis pas tout à fait réveillé. Il me semble que le bord de l'oreiller n'est pas le bord de l'oreiller, mais une main. Ce ne peut être qu'un rêve. Mais ce n'est pas un rêve, c'est une main. Il me semble que ce n'est pas une vraie main, mais une main taillée dans le bois. Il me semble que cette main taillée dans le bois est tendue vers moi, parce que cette main taillée dans le bois est vivante et que, si elle est tendue vers moi, c'est pour m'aider. C'est la main du Christ. Elle est tendue vers moi. Je dois la prendre puisqu'elle me cherche. Rêve. Quel rêve ridicule. Pourtant, je sens que je ne dors pas. Si je ne dors pas, ça ne peut pas être un rêve. La main du Christ. Si le Christ me tend la main, je ne peux pas. Je dois la saisir puisqu'il me la tend pour m'aider. Ridicule. Mais dès que je la saisis, la main taillée dans le bois redevient oreiller. Je la lâche. De nouveau, c'est une main. J'ai beau la regarder, me méfier, c'est une vraie main taillée dans le bois que je vois se tendre vers moi. Seulement, il ne faut pas la saisir, parce que alors, elle disparaît et fait semblant d'être l'oreiller. Mais si je ne la touche pas, si je ne peux pas la saisir, alors je ne peux pas savoir avec certitude si elle est oreiller ou la main du Christ. Ça ne peut pas être la main du Christ puisqu'il est mort. Mais même s'il est mort, il peut me tendre la main. Car ce n'est pas une vraie main que je vois, mais une main taillée dans le bois. Alors, il veut quand même me serrer contre lui. Mais comme il ne peut pas paraître dans sa réalité, il se présente sous forme d'un symbole. Il veut que je meure. Je ne proteste pas, alors pourquoi je ne meurs pas ? Pourquoi faut-il que je continue à vivre ? Ou bien : pourquoi la mort est-elle là, si je dois vivre ? Il le sait certainement. Quant à vouloir, je ne peux plus rien vouloir. Je ne peux pas vouloir. J'attends. Jusqu'à quand ? Le temps, je ne peux pas le connaître.

Il est affreux d'attendre alors que chaque instant, dont j'ignore s'il va passer, se déroule à chaque instant, et que se déroule à chaque instant le présent dont je ne sais pas s'il existe. Attendre alors que je ne peux rien savoir. L'oreiller est la main du Christ. Ce n'est qu'un motif. Il remplit, prolonge et triture le temps immobile.

Plus tard, je suis étendu sur le dos. J'ai l'édredon sur moi. Je sens que le temps a passé, qu'il est plus tard que tout à l'heure. Je me dresse sur mon séant. Donc je suis toujours ici, dans cette chambre. J'étends le bras, je saisis ma montre et la tourne de façon à placer le cadran dans la lumière qui vient de la rue. La petite aiguille est presque sur le trois, la grande aiguille, sur le neuf. Je les regarde longuement. Il est donc trois heures moins le quart. L'aiguille fine des secondes tourne également autour de l'axe central, en avançant à coups de tics nerveux, plaisants et harmonieux. À vrai dire, elle n'avance pas, elle tourne en rond ; elle ne vient donc pas occuper, chaque fois, une nouvelle place, mais quitte une ancienne place pour en gagner une moins ancienne. Elle est le rayon issu du centre d'un système clos et déterminé. Elle tourne en rond. Donc, elle se répète.

Couché sur le lit, je sais que j'ai voulu me dresser sur mon séant pour consulter ma montre. Mais c'était inutile. Il me semble seulement que je l'ai consultée, il me semble qu'il était trois heures moins le quart. Tout ça, c'est de l'imagination. La montre ne peut pas indiquer l'heure. Tout comme moi-même, elle tourne autour de son propre centre.

Bleu. Ciel bleu. Toits. Lumière. Reflets de la lumière du matin sur les toits. Je m'assieds dans mon lit. Dans l'encadrement de la fenêtre, le ciel bleu et la lumière du matin se projetant sur les toits. Dehors, le soleil brille. Mais, bloquée et broyée par les toits, sa lumière n'arrive pas à pénétrer dans la chambre. Tranquille, silencieuse, elle dort à côté de moi. Sous l'édredon. Un peu ramassée sur elle-même. Respire doucement, à rythme régulier. La tête enfouie dans l'oreiller. Ses traits sont plus durs qu'à l'état de veille. Ses lèvres se rétrécissent, comme si elle voulait quelque chose. Une volonté uniforme, d'un seul bloc : le visage, qui l'exprime, est reposé, apaisé. Si je suis en mesure de le voir et de le commenter, alors, il ne s'est peut-être rien passé. Alors, j'ai seulement rêvé. Ses paupières vibrent comme si elle s'était aperçue que je la regarde, et la peau se contracte autour de ses lèvres. Elle se calme aussitôt, replonge dans ses profondeurs, mais, comme si cette plongée l'avait effrayée, son visage se contracte à nouveau, cette fois vigoureusement, et ses paupières recommencent à vibrer. Elle ouvre les yeux. Bleus. Comme les yeux bleus sont étranges. Bien que son regard soit indifférent, le fait de voir ces yeux, qu'un instant plus tôt je ne voyais pas encore, ne manque pas de me surprendre. Imperceptiblement, son indifférence se transforme en attention. Elle regarde attentivement d'abord mon visage, puis mon corps, mes paumes appuyées sur le lit, puis de nouveau mon visage. Elle le regarde longuement. Si elle est aussi attentive, c'est qu'il s'est réellement passé quelque chose. Elle ne dit rien, son attention s'approfondit, son visage s'assombrit. Elle bouge, s'assied. L'édredon glisse de son buste. À son tour, mon regard se détache de son visage, je contemple son corps, et, successivement, son cou, ses seins, son ventre. L'édredon ne cache plus que son giron. Je reviens à son visage. Ce serait bon de le toucher, de le palper, d'entendre sa voix, de lui dire quelque chose, mais j'ai peur. Je sens que notre attention se prolonge trop, que nous n'en pouvons plus. Elle saute du lit et se retourne. Comme si, dans sa nouvelle position, elle pouvait mieux me regarder. Ses longs cheveux lui tombent sur le visage. D'un mouvement rapide, elle les rejette en arrière et regarde autour d'elle.

« J'ai soif. »

La voix est artificiellement plaintive. Elle se dirige vers la table. Mais le verre n'y est pas. Elle jette un regard en arrière. Le verre est sur la table de nuit. Il est vide. Elle se retourne et se dirige vers la table de nuit, lève le verre à la hauteur de ses yeux, le traverse du regard, le pose. Toc. Elle s'assied sur le rebord du lit, baisse la tête, ses cheveux retombent en avant. Elle reste longtemps dans cette position. Je ne vois d'elle que les fesses s'étalant sur le drap, la courbe de son échine, la surface lisse et légèrement incurvée de son dos. Un dos sans tête, me semble-t-il. Mais elle lève la tête et se glisse rapidement sous l'édredon. Se redresse à moitié et s'appuie sur son coude. Je ne peux pas la regarder plus longtemps. Derrière elle, éclairée par la lumière du matin, la partie de la chambre qui occupe mon champ de vision. Lors d'autres matins, j'ai déjà eu cette vision de la chambre. La table. Le fauteuil. « Le réveil a sonné ? — Je ne sais pas. — Quelle heure est-il ? — C'est moi qui devrais poser cette question. » Elle sourit. « J'ai bien dormi. Je crois avoir dormi un bon coup. » Elle parle d'une voix ferme et sonore. « Eva ! — Oui, chéri. » Cette fois, sa voix est grave, bourdonnante. « Je m'en vais. Je ne veux pas les rencontrer. — Ne t'en va pas, chéri, ils ne vont pas entrer ici ! » Je me vois me levant lentement et calmement : c'est donc un acte tout à fait simple. Mes vêtements sont sur le fauteuil. « Ce serait bien si tu pouvais rester, chéri. » Je prends mon pantalon et ma chemise. Mais je ne trouve pas mon caleçon. « Ce serait bien. » Bien sûr, je n'avais pas ôté le caleçon. Ce qui est tout à fait naturel. Si seulement je pouvais me laver le visage et les mains. La salle de bains. Malheureusement, il n'y a plus d'eau de bouche. Serviette, peigne. Dans la chambre, j'attache ma montre autour de mon poignet. « Ne te lève pas encore. Il est encore tôt. Dors. Tu peux encore dormir un peu. — Je ne dois pas te demander quand je te reverrai, n'est-ce pas ? — Non. » La porte. Je sors en silence pour ne pas réveiller les petits. Encore une porte. La poignée se casse et me reste dans la main. Je la regarde. Je la pose sur le seuil. L'escalier.

Devant la porte, la rue, où je me suis écrasé. Je commence à marcher. Avant de tourner au coin, je lève mon regard vers le balcon. Où, le soir, elle m'attend et me fait des signes de la main. D'où je me suis jeté dans la rue où je marche maintenant. Arrivé au coin, je tourne. Le soleil pénètre dans cette rue. Des gens vont et viennent. Je les vois, j'entends leurs pas. Il y a encore peu de monde, il est tôt. Le temps. Je regarde ma montre et je sens sur mon dos la chaleur du soleil ; cinq heures et demie.

Sur le trottoir, mon ombre me précède. Mon ombre : la tête avec les oreilles, un tronc rapetissé, et, partant des pieds, l'ombre des jambes. Mes jambes réelles et leur ombre se rencontrent dans mes plantes de pied, là précisément où je marche et ne peux rien voir ; mon ombre glisse devant moi sur le trottoir. Mouvements saccadés des jambes. Je les observe ; partant des genoux, elles se projettent tour à tour en avant, le poids de mon corps reposant à chaque fois sur la jambe immobile, laquelle, aussitôt, s'ébranle à son tour. Malgré la continuité du mouvement, ses différentes phases sont nettement perceptibles. Pourtant, l'ombre que projette ce mouvement discontinu dessine un glissement continu vers l'avant. Continuité et discontinuité se rejoignent dans mes plantes de pied et dans le poids de mon corps. Que de bêtises me traversent l'esprit, mon Dieu ! Et je sens une légère envie de vomir. Mais mon ombre glisse devant moi de façon continue. Elle ne peut sentir ni mon poids, ni mon envie de vomir, et il me semble pourtant que c'est elle qui me guide. Où ? Jusqu'à quand me faudra-t-il répéter ce mouvement discontinu des jambes ? Cette répétition, cette espèce de marche est-elle une nouvelle station ? Une station de la croix ? Dieu. Le Christ. Station. Me voici revenu dans ce monde ancien déterminé par les concepts de la chrétienté, et je dois maintenant répéter avec mes jambes ce mouvement discontinu appelé marche, jusqu'à ce que j'atteigne le bar où, la semaine dernière, j'ai bu un café, parce qu'elle avait encore oublié d'en acheter, c'était un matin pur comme celui-ci, mais je ne dois plus répéter ces mouvements de jambes, car j'arrive bientôt à l'endroit où j'ai bu ce café, la semaine dernière, avant de prendre le bus place Engels.

DANS LA MÊME COLLECTION

Svetlana Alexievitch, *Ensorcelés par la mort*. Traduit du russe par Sophie Benech.

Vladimir Arsenijević, *A fond de cale*. Traduit du serbo-croate par Mireille Robin.

Kirsten Bakis, *Les Chiens-Monstres*. Traduit de l'anglais (Etats-Unis) par Marc Cholodenko.

Sebastian Barry, *Les Tribulations d'Eneas McNulty*. Traduit de l'anglais (Irlande) par Robert Davreu.

Saul Bellow, *En souvenir de moi*. Traduit de l'anglais (Etats-Unis) par Pierre Grandjouan.

Saul Bellow, *Tout compte fait. Du passé indistinct à l'avenir incertain*. Traduit de l'anglais (Etats-Unis) par Philippe Delamare.

Alessandro Boffa, *Tu es une bête, Viskovitz*. Traduit de l'italien par Nathalie Bauer.

Joan Brady, *L'Enfant loué*. Traduit de l'anglais par Pierre Alien. Prix du Meilleur Livre Etranger 1995.

Joan Brady, *Peter Pan est mort*. Traduit de l'anglais par Marc Cholodenko.

Peter Carey, *Jack Maggs*. Traduit de l'anglais (Australie) par André Zavriew.

Peter Carey, *Oscar et Lucinda*. Traduit de l'anglais (Australie) par Michel Courtois-Fourcy.

Peter Carey, *L'Inspectrice*. Traduit de l'anglais (Australie) par Marc Cholodenko.

Peter Carey, *Un écornifleur* (Illywhacker). Traduit de l'anglais (Australie) par Jean Guiloineau.

Martha Cooley, *L'Archiviste*. Traduit de l'anglais (Etats-Unis) par André Zauriew.

Junot Diaz, *Comment sortir une Latina, une Black, une*

blonde ou une métisse. Traduit de l'anglais (Etats-Unis) par Rémy Lambrechts.

Albert Drach, *Voyage non sentimental*. Traduit de l'allemand par Colette Kowalski.

Stanley Elkin, *Le Royaume enchanté*. Traduit de l'anglais (Etats-Unis) par Claire Maniez et Marc Chénetier.

Nathan Englander, *Pour soulager d'irrésistibles appétits*. Traduit de l'anglais (Etats-Unis) par Elisabeth Peellaert.

Jeffrey Eugenides, *Les Vierges suicidées*. Traduit de l'anglais (Etats-Unis) par Marc Cholodenko.

Erik Fosnes-Hansen, *Cantique pour la fin du voyage*. Traduit du norvégien par Alain Gnaedig.

Erik Fosnes-Hansen, *La Tour des Faucons*. Traduit du norvégien par Johannes Kreisler.

William Gaddis, *JR*. Traduit de l'anglais (Etats-Unis) par Marc Cholodenko.

William Gaddis, *Le Dernier Acte*. Traduit de l'anglais (Etats-Unis) par Marc Cholodenko.

Eduardo Galeano, *Mémoire du feu*, tome I, *Les Naissances*. Traduit de l'espagnol par Claude Couffon.

Eduardo Galeano, *Mémoire du feu*, tome II, *Les Visages et les Masques*. Traduit de l'espagnol par Véra Binard.

Eduardo Galeano, *Mémoire du feu*, tome III, *Le Siècle du vent*. Traduit de l'espagnol par Véra Binard.

Natalia Ginzburg, *Nos années d'hier*. Traduit de l'italien par Adrienne Verdière Le Peletier. Nouvelle édition établie par Nathalie Bauer.

Nadine Gordimer, *Le Safari de votre vie*. Nouvelles traduites de l'anglais par Pierre Boyer, Julie Damour, Gabrielle Rolin, Antoinette Roubichou-Stretz et Claude Wauthier.

Nadine Gordimer, *Feu le monde bourgeois*. Traduit de l'anglais par Pierre Boyer.

Nadine Gordimer, *Personne pour m'accompagner*. Traduit de l'anglais par Pierre Boyer.

Nadine Gordimer, *L'Ecriture et l'existence*. Traduit de l'anglais par Claude Wauthier.

Nadine Gordimer, *L'Arme domestique*. Traduit de l'anglais par Claude Wauthier et Fabienne Teisseire.

Nadine Gordimer, *Vivre dans l'espoir et dans l'Histoire*. Traduit de l'anglais par Claude Wauthier et Fabienne Teisseire.

Arnon Grunberg, *Lundis bleus*. Traduit du néerlandais par Tina Hegeman.

Allan Gurganus, *Bénie soit l'assurance*. Traduit de l'anglais (Etats-Unis) par Simone Manceau.

Allan Gurganus, *Lucy Marsden raconte tout*. Traduit de l'anglais (Etats-Unis) par Elisabeth Peellaert.

Oscar Hijuelos, *Les Mambo Kings*. Traduit de l'anglais (Etats-Unis) par Pierre Alien et Jean Clem.

Nick Hornby, *Haute Fidélité*. Traduit de l'anglais par Gilles Ler_en.

Nick Hornby, *Carton jaune*. Traduit de l'anglais par Gabrielle Rolin.

Nick Hornby, *A propos d'un gamin*. Traduit de l'anglais par Christophe Mercier.

Neil Jordan, *Lignes de fond*. Traduit de l'anglais (Irlande) par Gabrielle Rolin.

Nicholas Jose, *Pour l'amour d'une rose noire*. Traduit de l'anglais par Anne Rabinovitch.

Ryszard Kapuściński, *Imperium*. Traduit du polonais par Véronique Patte.

Jerzy Kosinski, *L'Ermite de la 69e Rue*. Traduit de l'anglais (Etats-Unis) par Fortunato Israël.

Barry Lopez, *Les Dunes de Sonora*. Traduit de l'anglais (Etats-Unis) par Suzanne V. Mayoux.

James Lord, *Cinq femmes exceptionnelles*. Traduit de l'anglais (Etats-Unis) par Pierre Leyris et Edmonde Blanc.

Patrick McCabe, *Le Garçon boucher*. Traduit de l'anglais (Irlande) par Edith Soonkindt-Bielok.

Norman Mailer, *Oswald. Un mystère américain*. Traduit de l'anglais (Etats-Unis) par Pierre Grandjouan.

Norman Mailer, *L'Evangile selon le fils*. Traduit de l'anglais (Etats-Unis) par Rémy Lambrechts.

Norman Mailer, *L'Amérique*. Traduit de l'anglais (Etats-Unis) par Anne Rabinovitch.

Salvatore Mannuzzu, *La Procédure*. Traduit de l'italien par André Maugé.

Salvatore Mannuzzu, *La Fille perdue*. Traduit de l'italien par Nathalie Bauer.

Valerie Martin, *Mary Reilly*. Traduit de l'anglais (Etats-Unis) par Annie Saumont.

Paolo Maurensig, *Le Violoniste*. Traduit de l'italien par Nathalie Bauer.

Piero Meldini, *L'Antidote de la mélancolie*. Traduit de l'italien par François Maspero.

Jess Mowry, *Hypercool*. Traduit de l'anglais (Etats-Unis) par Pierre Alien.

Péter Nádas, *La Fin d'un roman de famille*. Traduit du hongrois par Georges Kassai.

Péter Nádas, *Le Livre des mémoires*. Traduit du hongrois par Georges Kassai. Prix du Meilleur Livre Etranger, 1999.

V.S. Naipaul, *L'Inde. Un million de révoltes*. Traduit de l'anglais par Béatrice Vierne.

V.S. Naipaul, *La Traversée du milieu*. Traduit de l'anglais par Marc Cholodenko.

V.S. Naipaul, *Un chemin dans le monde*. Traduit de l'anglais par Suzanne V. Mayoux.

V.S. Naipaul, *La Perte de l'Eldorado*. Traduit de l'anglais par Philippe Delamare.

V.S. Naipaul, *Jusqu'au bout de la foi. Excursions islamiques chez les peuples convertis*. Traduit de l'anglais par Philippe Delamare.

Tim O'Brien, *A la poursuite de Cacciato*. Traduit de l'anglais (Etats-Unis) par Yvon Bouin.

Tim O'Brien, *A propos de courage*. Traduit de l'anglais (Etats-Unis) par Jean-Yves Prate. Prix du Meilleur Livre Étranger 1993.

Tim O'Brien, *Au lac des Bois*. Traduit de l'anglais (Etats-Unis) par Rémy Lambrechts.

Jayne Anne Phillips, *Camp d'été*. Traduit de l'anglais (Etats-Unis) par André Zavriew.

Salman Rushdie, *La Terre sous ses pieds*. Traduit de l'anglais par Danielle Marais.

Salman Rushdie, *Le Dernier Soupir du Maure*. Traduit de l'anglais par Danielle Marais.

Salman Rushdie, *Est, Ouest*. Traduit de l'anglais par François et Danielle Marais.

Salman Rushdie, *La Honte*. Traduit de l'anglais par Jean Guiloineau.

Salman Rushdie, *Le Sourire du jaguar*. Traduit de l'anglais par Anne Rabinovitch.

Salman Rushdie, *Les Enfants de minuit*. Traduit de l'anglais par Jean Guiloineau.

Salman Rushdie, *Les Versets sataniques*. Traduit de l'anglais par A. Nasier.

Paul Sayer, *Le Confort de la folie*. Traduit de l'anglais par Bernard Hoepffner.

Donna Tartt, *Le Maître des illusions*. Traduit de l'anglais (Etats-Unis) par Pierre Alien.

Pramoedya Ananta Toer, *Le Fugitif*. Traduit de l'indonésien par François-René Daillie.

Dubravka Ugrešić, *L'Offensive du roman-fleuve*. Traduit du serbo-croate par Mireille Robin.

Dubravka Ugrešić, *Dans la gueule de la vie*. Traduit du serbo-croate par Mireille Robin.

Serena Vitale, *Le Bouton de Pouchkine*. Traduit de l'italien par Jacques Michaut-Paternò. Prix du Meilleur Livre Etranger 1998.

Edith Wharton, *Les Boucanières*. Traduit de l'anglais (Etats-Unis) par Gabrielle Rolin.

Edmund White, *Ecorché vif*. Traduit de l'anglais (Etats-Unis) par Elisabeth Peellaert et Marc Cholodenko.

Edmund White, *La Bibliothèque qui brûle*. Traduit de l'anglais (Etats-Unis) par Philippe Delamare.

Edmund White, *La Symphonie des adieux*. Traduit de l'anglais (Etats-Unis) par Marc Cholodenko.

Edmond White, *L'Homme marié*. Traduit de l'anglais (Etats-Unis) par Anne Rabinovitch.

Jeanette Winterson, *Ecrit sur le corps*. Traduit de l'anglais par Suzanne Mayoux.

Jeanette Winterson, *Le Sexe des cerises*. Traduit de l'anglais par Isabelle Delors-Philippe.

Jeanette Winterson, *Art et mensonges*. Traduit de l'anglais par Isabelle Delors-Philippe.

Tobias Wolff, *Un mauvais sujet*. Traduit de l'anglais (Etats-Unis) par Anouk Neuhoff.

Tobias Wolff, *Dans l'armée de Pharaon*. Traduit de l'anglais (Etats-Unis) par Rémy Lambrechts.

Tobias Wolff, *Retour au monde*. Traduit de l'anglais (Etats-Unis) par Rémy Lambrechts.

Cet ouvrage a été composé par
Nord Compo - 59650 Villeneuve-d'Ascq
et imprimé sur presse Cameron
par **Bussière Camedan Imprimeries**
à Saint-Amand-Montrond (Cher)
en juin 2000

N° d'édition : 13214 — N° d'impression : 003003/1.
Dépôt légal : septembre 2000.

Imprimé en France